致Ahmed Bhura，

謝謝你，以及你的故事，

還有Gulam M. Master，

我們依然懷念你。

A Beautiful Lie

兒子的謊言

艾爾凡・馬斯特 Irfan Master 著
柯清心 譯

前言

誰不撒謊。

每個人都會說謊，有時是為了讓自己安心，有時則是為了安慰別人。

許多年前，我撒了一個謊，後來越滾越大。那個謊言是我之所以成為我的原因。多年前我還是小男生時，說謊是我唯一堅信該做的事。在那之後，我對生命中的任何事，便都失去了把握。

我們都會撒謊，一九四七年八月十四日，我知道了人人都會欺騙，但並非每則謊言均意義相等……

一九四七年六月
於北印度石榴巷

1

我可以感覺事情不太對勁，但又說不出個所以然來。這讓我想起父親左右擺著頭，像隻興奮的可卡犬般嗅著空氣，然後看著我說：「兒子，你聞得出空氣的變化嗎？雨季要來了。」現在感覺就是這樣，我可以察覺到情況有變，但無關風雨，而是更大的變化。

我走在市場裡，雙手抱著個大西瓜，腦中一片空白，但一股茉莉花香將我拉回了現實。我停下腳步，看著成排的花販，小心翼翼的將花瓣串成一摞摞的項鍊。

在所有花販中，雅耶斯的眼睛最犀利，手指最靈巧，他的花圈總是堆得比別人高。鄰近村莊的人會專程跑來這裡，看雅耶斯交叉著雙腳，坐在板凳上串花。我朝他的攤子走過去，幾個月前，雅耶斯的四周還圍滿人群，但今天只有我一個人了。我看著雅耶斯輕巧的串起花瓣，毫不停歇，我看了幾分鐘，耐心等著他把一片玫瑰花瓣塞到嘴裡咀嚼，因為等他吞下花瓣時，項鍊就大功告成了。看到雅耶斯把玫瑰花瓣丟進嘴裡時，我逕自笑了起來，有些事從來不會改變。可是一想到最近事況開始起了變化，我便笑不出來了。日子狀似一切如常，但市集裡有種前所未有的緊張氣氛；一些小小的跡象，顯示情形已不再一樣了。

經過炸物攤時，我的胃開始咕嚕咕嚕的叫，炸物攤提供食物給職業軍人及英國人，扁豆在大燉鍋內啵啵輕沸，旁邊是一大鍋冒著蒸氣的米飯。我經過另一個攤子，也是同樣的食物組合，我搖搖頭，快步走過。幾個月前，這兩攤的老闆還是合夥人，一個負責扁豆，另一個主掌米飯，彼此共分營收。兩家攤子原本相互為鄰，老闆跟朋友一樣坐在陰影下一起抽著奇怪的菸，但那是幾個月前的事了。

我在接近竹棚下的遮蔭時，聽到一陣喧嚷，彷彿大家同時都在說話。

在我印象中，市集裡的長者會坐在這裡，把石灰和荖葉抹在尤加利葉上當菸抽，臧否世事。我父親常坐在這裡聽長者們說話，在長者提出警語時跟著搖頭，給予忠告時恭敬聆聽。我放輕鬆，聽著各方的聲音，看長者們比手畫腳。在我的記憶裡，這地方向來平和，老人家打著盹兒，或在你經過時對你擠擠眼，或拿點錢叫你跑腿買尤加利葉，然而此時，這裡一點也不寧靜。雖然還有幾個人坐在這裡靜靜的抽著菸，但有好幾位長者站著激烈的比畫手勢，還有少數其他幾位撐著枴杖，一臉嚴肅的等待輪到他們——不是發言，而是發飆。其中一位老人甚至用枴杖戳另外一個人，惹得幾個人跟著站起來憤怒的揮手。我加速離開。長者們向來都會起爭執，但這次不同，他們的爭論還蘊含某種暗潮洶湧的能量。以前他們吵歸吵，喝杯印度拉西（譯注：lassi，印度的優格飲料）就冷靜下來了，現在他們卻是鬱結不散的在陰影中生悶氣。一切都不對勁了，就像我戴上父親的眼鏡一樣，什麼事都被放大變形了。我回想著以前的情況，出神的向前走著。我飄過阿南的蔬菜攤時，被一記尖聲再次拉回現實，阿南正朝著我大叫。

「比拉爾，走路要看路！你的西瓜差點掉下來砸到我的腳。」

西瓜抱在手裡好沉，我低頭看著它，突然想到其實父親並沒想要吃西瓜，他只是要我在醫生到家裡出診時，先到外頭回避一下。我趕緊把西瓜交給嚇了一跳的阿南，開始奔跑起來。

我剛到家時，醫生剛好從我家前門走出來，我緊急煞住步子。他耐著性子等我彎身喘氣。

「站直了，比拉爾，這樣恢復得比較快。」

我急促喘氣，說不出話，但直起身子凝視他的臉。

醫生仔細盯著我，然後靠過來整理我翻翹的領子，笑道：「看看你這樣子，比拉爾，都十三歲了，連衣服都穿不好，你媽媽都去世幾年了？」

「五年……」

「五年算很久了，比拉爾，你得學著更懂得照顧自己。」

「還有四個月……」

「什麼？」

「又二十四天。」我看著他的眼睛答道。

醫生深深的嘆了一聲。

心裡深處一股莫名的情緒突然像電流一樣流過全身。

「你父親快死了，比拉爾，你知道的，對不對？看過他的情況後，你應該可以感覺得到吧？」

我眼前閃著刺眼的光茫，渾身刺麻，醫生的臉漸漸模糊，我快速的眨著眼睛。

「比拉爾……」醫生柔聲說。

我勉強張著眼睛，幾秒鐘後，醫生的臉龐重新聚焦。醫生用厚重的手搭在我垮下的肩上，我覺得雙膝發軟。

「他的日子不長了——一個月，或許二個月——但我們還是可以讓他舒服些，若非幾個月前中風……如果不是中風害他身體這麼虛弱……如果他還能四處走動……他還有和癌症一搏的可能。」醫生搖頭蹙著眉，「有太多『如果』了，他的心智很堅強，但身體已不再聽他使喚了。你拿藥單去找拉加瓦羅拿藥，叫他來找我結帳，你今天一定得去。比拉爾，你有在聽嗎？」

我再次看著醫生，以及他壓在我肩上的手，然後歪著頭看向他身後敞開的大門。

「有啦，我有在聽。」我用低啞的嗓音小聲答道。

「很好，你一定要抱持平常心，按平時的作息過活——包括上學校在內——讓他保持好心情。我得走了，我明天會回來看你，如果你有任何需要，就來找我，好嗎？」

我緩緩點頭。醫生用一貫嚴肅的表情上下打量我，但眼神變得比較柔和，就像他和父親敘舊時一樣。他轉身欲走，又停下來回頭看我。

「你哥哥呢？」醫生問。

「他來來去去的……」我喃喃回答。

「八成是出門的時候居多吧。真是個傻小子，就愛裝大人。你放心，我看到他一定會好好說他一頓，當哥哥的沒有哥哥的樣子。」醫生說罷搖搖頭，轉身離開了。

醫生朝市場方向走去時，我覺得像棵古樹一樣沉重而無法動彈。我盯著他的手提箱，直至黑色的方塊消失在視線外。這是我生平首次害怕走進家門口，我閉上眼睛，踏入黑暗裡。

2

我慢慢走進房中，拍拍清涼的黑色土牆，把額頭靠到牆上。碰觸熟悉又堅實的牆壁，會令我心裡好過些。父親常說，我們家是用兩份粘土、兩份水和兩份善念所建成的。對我而言，家就是聖殿，我知道父親隨時會在家裡等候，我的千百種問題也都可以從父親那裡得到解答。

我知道它只是占地很小的一座土茅屋，但它是我的家。這屋子有個令人難忘的特色——屋中有道將房子一分為二的牆，這面牆完全由地板疊至天花板的舊書構成，而且共有三層厚。有一陣子，這面牆是市集社區裡的奇蹟，很多人從來沒見過那麼多書堆在一處。

我在父親指導下，開始在家中幫人導覽，向來人指出書牆中的各類書籍，結束參觀時還朗誦一些泰戈爾的詩（譯注：著名的孟加拉詩人、小說家、音樂家及劇作家），然後行禮鞠躬，送心靈獲得提升的人群離開前門。父親總說：「孩子，教育與文學是我們理所應得的；如果你擁有了，絕不能剝奪別人擁有的權利。」然後他會引述一些詩句。

我的教育始於學校，但在家中獲得延續。有時覺得知識太多，有些誇張，畢竟生存僅需用到一點知識即可。例如到哪裡取得清水，或如何修補衣服，可以跟誰以物易物，以取得一周所需的食物，都是些實在務實的東西。沒有人想和你換書，請相信我，我真的試過，但往往得到相同的回答：「書能吃嗎？不能，是吧？」父親總是無法理解，為什麼人們不懂文字、書籍能讓人擁有超乎他們想像的財富。其實連我也不太了解什麼叫「書中自有黃金屋」，但父親就是這樣，給他一本好書，他可以連續幾天不梳洗、說話，甚至廢寢忘食。

這道書牆是父親歷時四十年的收藏，每本書都是愛書成痴的他，與人交換、工作爭取、回收、修復、懇求、買來的。我經常在深更半夜，發現他坐在書牆旁，沉浸於書中，身上只穿著纏腰布。聽到我拖著腳步聲，他會從紙頁上抬起一對明眸，對我深深一笑，那笑容如此愉悅，惹得我也跟著發笑。他會說：「快過來，你一定得瞧瞧這個。」我會走過去坐到他旁邊，強忍睡意，看父親為我指出世界另一邊的奇風異俗，或一些難以置信的動物。

此刻我慢慢拖著步履走向房中父親的病床，空氣感覺十分凝重。房間的這一側特別冷冽陰暗，因為小窗僅能灑入有限的陽光。父親的矮床頂在另一端牆面上，緊靠著他的書牆。我在父親的編織床（譯注：charpoi，印度流行的一種可攜式編織床）上度過許多時光，聽他朗讀舊書，裡面充滿奇特的語彙，有些我也不盡然聽得懂。我常聽著父親的聲音入眠，做些奇怪的夢，夢到不曾造訪的地方，和不曾見過的人。按照父親的說法，事情就是應該這樣子——透過書本，化身為千百種不同的人，享受百萬種不同的冒險。

我的胃痛現在變成胃悶了，我吸口氣，把痛感壓下去。我走向屋裡另一個唯一的家具——一張我經常坐在上面，為父親朗讀的矮凳。我拿起凳子，放到床邊坐下。

我看著父親熟睡，他的胸膛隨不規律的喘氣與咳嗽而起伏，一頭幾乎花白的頭髮剪短了，頭頂稀疏。我們都有深棕色的眼睛、尖鼻子及核果色的皮膚。汗水從他的額頭滴淌到凹陷的臉頰，卡在他灰色粗糙的鬍渣上。父親張開眼睛，這不是我第一次看到他變得如此虛弱無力了。他的黑眼框，令我想到我們一起在舊百科全書上看到的貓熊。

父親微微一笑，臉上擠出數百條皺紋，他稱之為「斷層線」，是「長在我們身上的地殼裂隙」。我不知道那是什麼意思，但不懂也是正常。父親試圖坐起來，虛弱的撐直身體，我緊張的坐著，沒敢幫忙，因為父親很討厭我為他張羅。他撐起身子，用一對明亮的眼睛直視著我。

「你和醫生談過了，是吧？」

「是的。」

「我沒事，比拉爾。」

「我知道你不會有事。」**但是死亡怎麼可能沒事**。

「你也不會有事，你得寫封信給姑姑，然後做些安排。」

「我會的，別擔心。」**我不想跟姑姑住，這裡才是我家**。

「齋浦爾（Jaipur，印度北部，拉賈斯坦邦首府）是座很美麗的城市，我妹妹會好好照顧你。而且，齋浦爾的歷史，天哪，孩子……我真羨慕你。」

「我們都會沒事的，父親。」**我才不管什麼齋浦爾，才不管什麼蠢歷史，而且我不會沒事。**

就這樣，我們沒再多說。這個邪惡的疾病從裡到外啃噬著父親，而他卻連談都不想談。

「兒子，今天有什麼新聞？那些禿鷹做出決定了沒？」

我身子一僵，知道接下來會是什麼。

「他們都是神話裡的鳥身女妖（譯注：Harpy，希臘神話中，凶殘貪婪的女妖），根本搞不清楚狀況，不是嗎？印度的靈魂，怎能讓少數幾個人，圍在地圖邊，跟老母雞一樣咯咯亂叫的決定誰能分到最大的一塊餅。他們愛怎麼說就怎麼說吧——說到天荒地老我也不在乎——祖國印度一定會讓他們學到教訓。看看你的朋友，比拉爾，他們會在乎我們是穆斯林嗎？我們在很多場合裡，不都和卓塔他們家同桌吃飯，我們能夠因為他們是印度教徒就恨他們嗎？還有曼吉特，你還沒出生前，我就跟他們家相熟了，我還參加了曼吉特父親的婚禮，他們是錫克教徒，但是我們祖先雷同，又有許多共通點。凡是人皆有差異，但我們的共通處會使我們團結共融。印度絕不會瓦解，永遠不可能分裂。他們以為這種事以前沒發生過嗎？以為我們不曾瀕臨崩解的邊緣嗎？難道他們以為印度是泥做的，可以按照他們的私心來捏塑？我們曾經歷過這種痛苦，將來也還會再發生，但那些人——那些惡棍及這些過客般的英國人——絕無法令印度低頭。至少我這輩子不會，兒子，在我有生之年不會。」

父親氣到渾身發抖，我從沒見過他這樣，他的眼睛像墨汁聚成的一攤黑水，再也看不透。我想大聲喊叫，「**你錯了**。」昨天我才和薩利姆站在市集裡，聽尼赫魯先生（譯注：Nehru，印度獨立後第一任總理）在收音機裡談到印度的分治計畫，以及我們將會創造的新世界，無論你喜歡與否。**他們怎麼能那麼做？拿出地圖就說：「這是分界線，大家都要選邊站。」**分割就像攤開一條粗布，就算你穩定的沿著中間剪開，唯一的差別是，只要一剪出破口，無論再怎麼縫合，粗布再也無法恢復完整。

父親足不出戶已將近一個月，他沒有看到人們的變化、市集的氣氛，以及長者們在市集廣場上的爭論。去年的各種問題與暴力雖已平靜下來，生活暫時回到常軌，但自從宣布分治計畫後，一切都變了。全國各地，暴民放火燒房子、殘殺婦孺的事件……層出不窮，各政黨也招募年輕男子為理想而戰。印度正被癌症侵蝕，就和吞噬父親的癌症一樣，是一場發乎於內的疾病。

稍早前，我和醫生講話時發疼的胃，現在因焦慮而痙攣，傳來一陣尖痛。我用力緊閉眼睛，抵制疼痛。為何他感受不到？所有的事都在變化，一切都走樣了，印度已瀕臨災難邊緣！我好想對他大吼：「**我才不在乎什麼印度或政客或禿鷹或那些亂七八糟的東西，我只在乎你！**」但我只是走到父親床邊，緊抱住他，然後躺在他身側。一會兒後，我感覺父親漸漸睡著，便從他的手臂中脫開，看著他安詳的進入夢中。

我一直對父親隱瞞印度分治的計畫，因為以他現在的狀況，這消息會毀了他，但我現在更清楚，分治的新聞會在方方面面產生更糟的結果，它會令父親心碎。

那一刻，我明白自己該怎麼做了。我決定不管發生什麼事，不管人們怎麼說，我要確保父親不會知道外界發生什麼。人們正在做最壞的準備，印度即將出大事，面臨一場前所未見的雨季，等雨過天晴，一切都將改變，但沒關係，我發下重誓，在父親死前，絕不讓他知道即將發生的事實。直到他離世，父親都會以為印度還是他記憶中的印度，永遠不變。就在那一瞬間，我決定撒謊。我挺起肩，轉身想離開房間。
「比拉爾。」父親啞聲說。
「什麼事，父親。」
「我的西瓜呢？」
我離開房間，鹹澀的淚水劃過臉頰，我走進白日之中。

3

離開家門後，太陽刺得我眼睛發花，而他們就在那兒，我三位最要好的哥兒們。他們垂著頭站成半圓形，正在等我。我知道他們會等醫生經過奶茶攤時，追著他詢問父親的事。我也知道醫生一句都不會跟他們講，但他們還是有辦法弄清狀況。我不想說話，至少現在不想開口。我踏向前，把半圓形缺口補齊，然後站在那兒低頭盯著自己的腳。

卓塔站在我左手邊，他是我們當中個頭最小（chota，在印度語中，為小個子、小不點之意），但也是最勇敢的。我若告訴他，死亡天使要來接我父親了，而我們不能任由祂把父親從我們身邊帶走，卓塔一定會對著手掌啐口水，然後揮拳準備作戰。曼吉特站在我右手邊，又高又瘦的曼吉特頭上緊緊纏著一條亮橘色的頭巾。他惜字如金，只在必要時說話，和他在一起總令我自在，不管我們有沒有講話。最後，站在我對面的是一頭亂髮的薩利姆，很多人以為我們是親兄弟，因為我們總是形影不離。父親說：「你們兩個，簡直屁股連在一起」，他說得一點都沒錯。我們只在必須回家時，才會分開。

大夥圍成圈站著，低頭看著自己的腳好半天。終於，我抬起頭，他們也跟著抬頭，我看到他們露出跟醫生一樣哀傷的表情，我的計畫若想成功，並實現我的誓言，便需要他們幫忙。

*　*　*

眾人聽完我的計畫後，陷入一片沉默，我以為他們想勸我放棄這種妄念，但是他們只是盯住自己的腳，然後薩利姆搭住我的肩膀，點點頭。

「我們了解，兄弟，我們會幫你。」

我不知還能說什麼，一行人便來到我們最喜歡的制高點，這是一棟破敗的老房子，現在成了儲存乾辣椒的倉庫，從這裡可以俯瞰整個市集。我拾起一根枝子，開始在地上塗鴨。

「你們都知道，人們喜歡來拜訪我爸爸，也會帶消息給他。」我開始說。

「那是因為你爸爸的故事最精采——」我瞪了卓塔一眼，他當即住口。

「反正，我們不能讓任何人來拜訪他。」我斬釘截鐵的說。

「蛤？所有人嗎？」和平常一樣安靜的曼吉特，直到現在才發問。

「沒錯，所有人。」

「可是他有可能從其他管道發現。」曼吉特說。

「他喜歡看報紙。」薩利姆說。

「他已經有一陣子沒看報了，所以也許我們可以暫時先不管。」我答道。

「可萬一他突然想看報怎麼辦？」曼吉特說。

「到時候再看著辦吧。」我雙手抱胸，同時心虛的說。

薩利姆一如以往的把大家聚攏起來，攬住我的肩，我感激的對他微笑。

「好，告訴我們該怎麼做。」

我又拿起那根枝子。

「嗯，卓塔，你明天別去學校。」我用樹枝指著他說。

「那我要去哪裡？」卓塔一臉茫然。

「你到這個屋頂來，監視我家，看有誰想拜訪我爸。從這裡可以看到所有通往我家的街道，你一看到有人往我家走，就跳下來，朝教室窗戶丟石子。」

「然後呢？」薩利姆問。

「然後你或曼吉特就在課堂上製造一點騷動，讓我能乘機溜出去，看是誰要拜訪我爸爸，再找藉口叫他們打消念頭。」

每個人都很滿意自己的角色，反正卓塔從不去學校，而且穆克吉老師一定會很高興，因為卓塔在課堂上常睡到鼾聲大作。曼吉特和薩利姆會依計行事，我也早已想好上百個為什麼不能拜訪我父親的理由了，我有信心這個計畫能夠成功。太陽逐漸西沉，我們看著市集再次打烊，結束了一天，這是長久以來最安靜的一次。

4

第二天如同往常的展開了，我穿上綴滿補丁的制服，跟父親親吻道別。他咕噥了些我聽不懂的話，然後給我一個擁抱。我收拾好書本、筆、書包，然後一路踢著石子走去學校。等我到校時，腳拇趾都踢痛了，但我不介意。這份疼痛剛好能讓我分心，也更容易隱藏心底的感受。穆克吉先生等在門口，催著所有晚到的同學，他趕著我進教室。我回頭去看，咧嘴笑了起來，因為我知道卓塔正在前往屋頂的途中。這會是漫長的一天，但我有信心卓塔不會讓我失望。

進教室時，我撞到曼吉特，兩人會心的咯咯笑著，坐到教室後面墊子上。坐在我們前方幾排的薩利姆回過頭來對我們擠眼睛，同學們肩並肩的擠在小教室裡。原本本地市集商販協會捐了一批桌子給我們，但這些課桌上個月失竊了。我實在搞不懂，誰會要這十五張桌子。

穆克吉先生站在教室前方舉起雙手，全班便都安靜下來了。

「今天，我們要再多學習一些關於這塊土地的偉大歷史，其史詩般的過去，以及讓這塊土地偉大的作品與人物。」

我嘆口氣，這是穆克吉先生最愛上的課——印度的偉大，及其燦爛美麗的過去。**那麼，印度美好的現在與未來呢？**我仰頭望著穆克吉先生，他的金絲邊眼鏡緊扣著耳朵，滑在鼻尖上，眼睛因想到印度偉大的過去而發亮。穆克吉先生每天穿著紅色天鵝絨短外套，前面口袋還放著一支有鍊條的銀懷錶。父親說他就像《愛麗絲夢遊仙境》裡的兔子，因為他總是不停的看著懷錶喃喃自語。想到這裡我忍不住發笑，穆克吉先生直瞪著我。

「比拉爾，你覺得我們偉大的歷史很好笑嗎？」

我在位子上挪動身子，曼吉特用手肘推我的肋骨，我也抵了回去。

「沒有，老師，印度的歷史最偉大了。」我回道。

「很高興你這麼想，要不要到前面來朗讀一些詩文？」

「不，老師。我的意思是，我不介意。」我語無倫次的胡說一通後站起來。

穆克吉先生居高臨下的靠過來，他的一雙長腿使他高出全班許多，一對兔子般的大耳時不時的抽動。他轉向全班，然後微微一笑。

「今天要讓比拉爾為我們朗誦什麼詩呢？」

我聽到一聲悶笑，然後有人說：「阿魯波拉的馬鈴薯說（Aloo Bolaa—Potato Says）」

穆克吉先生瞪著全班，想不到居然有人敢提議朗誦童謠，然後轉向我。

「比拉爾，你覺得如何？」

我環顧我們的小教室，裡面塞了將近四十個學生，我們這些人大部分連筆都沒有，至少有一半的人需要輔助才能閱讀，而且多半畢不了業。無論印度的過去有多麼輝煌，現在根本連榮耀的邊都摸不上，只是在苟延殘喘罷了。

「我可以開始了嗎，老師？」

穆克吉先生微笑的看著我。老師很慈祥，知道父親會在家裡教我，我常在下課後留下來，老師會與我分享他自己的詩詞和文章。穆克吉先生是鎮上唯一的老師，除了我的父親之外，沒有其他人可以和他討論他的文章。姑且不論我心中有何感受，我並不想讓老師失望。

「當然，比拉爾，開始吧。」

我按照父親所教的，在朗誦前先清清嗓子，然後再開始。

「在心無所懼，人可以昂頭挺胸之地

在求知可以自由

世界不因私牆隔離，而四分五裂

在言語皆出自真實

在努力不懈，以求完美

理性的清流不因枯竭的沙漠和積習而迷失之地

在祢的引領下，心靈拓得更廣，而行動——

邁入了自由的天堂。我的天父，請喚醒我的國家。」

等我朗誦完畢後，穆克吉先生滿面欣喜的對我笑著。「泰戈爾本人一定也會以你的朗誦為榮。」他拍拍我的背說。

我在幾乎剛學會說話時，父親就教我這首詩了，我總覺得它的文字格外優美；但是今天，那些字聽起來卻顯得空洞而了無意義。

＊　＊　＊

時間拖磨著，最後穆克吉先生認為全班太吵了，下午做點算術應該能讓大家安靜下來。老師寫黑板時，我聽到左邊傳來一聲尖叫，我轉過頭，看到小傑瑪用手摀著頭側，我朝他挪近，抓住他的手臂。

「怎麼了？」

「有東西打到我的頭。」他惱怒的揉著頭側，一臉不悅。

我開始四處亂摸，尋找石子，將其他擋路的男生推開。傑瑪以為這是在遊戲，便撲到我背上。曼吉特以為他在攻擊我，便也跳到他背上。一向喜歡算術的薩利姆一直專心計算，直到有人拍他肩頭，薩利姆轉頭時，大個子蘇瑞吉正好朝他撲過去，差點沒把他壓扁。此時整間教室你壓我我騎你鬧成一團，這比算術好玩多了，教室裡就像青蛙四處亂跳的池塘一樣。我被壓在人堆之下，還在尋找小石子。我突然瞄到它了，便扭身從越堆越高的人堆裡鑽出來。

曼吉特看到我朝門邊摸去，便點點頭，等確定我溜出去後，才大吼一聲，惹得穆克吉先生突然轉身。接著曼吉特笑著撲到蘇瑞吉背上，蘇瑞吉則將傑瑪壓在他下面。穆克吉先生大吼著叫全班別鬧，但這群竄上跳下的青蛙已經失控了，我順利脫身了，而且很篤定不會有人發現。

我朝家裡狂奔，結果在半路上遇到卓塔，他即時煞住腳步，笑得瘋瘋癲癲，我們兩人都彎著腰，手扶膝蓋，喘得跟條狗似的。

「怎麼了？」我問。

卓塔猛吸了幾口氣，然後咳了起來。他一定又抽菸了，我搖搖頭，繞到他身邊，揉著他的背。卓塔終於站直了身體。

「是拉加瓦羅，那位藥師，他正往你家去。」

我要卓塔回制高點，自己再次拔腿狂奔。我趕上拉加瓦羅時，他離我家還有一條街口，我跳到他跟前，嚇了他一大跳。

「比拉爾！你幹什麼？」

我擠出笑臉。「這不是明知故問嘛，我正要找你拿藥去，記得嗎？」

拉加瓦羅鼓起腮幫子，一臉困惑。「我們不是說好，我會拿藥過來，跟令尊解釋吃法跟何時需要吃藥嗎？我記得是那樣。」

「不，不對。你說你會跟我解釋藥的吃法，並叫我大約這個時候去取藥。你若把藥交給我爸爸，他說不定會忘記吃——你也知道他現在經常恍神。」我依舊滿面堆歡。

拉加瓦羅皺著眉頭，然後聳聳肩。「也好，反正我還有幾帖藥得送，拿去吧，這個藥粉要加水調成糊，確定讓令尊每天吃三次，如果有任何問題，就來找我。」說罷拉加瓦羅轉身，折回市場的方向。

我收起一臉僵笑，取而代之的是真心的愉悅。我走回家經過我們那棟屋頂時，看見卓塔露著牙齒對我笑，我朝他豎起兩個大拇指，他把身子探到建物外，對我揮手。卓塔差點摔下來，但他勉強穩住身體，又燦然的笑起來。我的辦法奏效了！這是最重要的，而且還有好友們情義相挺，真是意義重大啊。

5

當天稍晚太陽下山時，大夥齊聚屋頂，看著最後幾輛驢車裝載貨物，準備長途跋涉返回他們的村鎮。這是一天中我最喜愛的時刻，坐在屋頂上，看市集人貨漸歇，喧囂淡去。你可以看到市場商販如何快速有效的整理貨物，打包收拾。父親曾經對我解釋，每個攤販都是父子相傳，其中許多從兩百年前市集開市以來，便由同樣的家族經營。我常想到那件事，那年我才十三歲，對我而言，十三年已經是很長的歲月了，兩百年實在漫長得太過恐怖。那時，我連兩天後的事都不肯、不願去想。前一年父親身體還健康時，我對未來曾有過夢想，夢想追隨父親的腳步，成為市集的籌辦人，那是世上最刺激的工作，可以和來自各地的人士打交道，每個人都知道你的名字，也會請你幫忙仲裁交易、金錢和當地社區的問題。父親和爺爺都是市場籌辦人，我也準備繼承父親的衣缽。

但現在父親就要死了，誰能教我所需的知識？我搖著頭想甩掉那個念頭，卻揮之不去。**將來我會留在這兒籌組市集嗎？父親不在，便意味著沒有「這裡」了**。**四年後，這裡還有人會記得我嗎？更甭提是兩百年後了**。

我緊握著拳頭，因為胃又開始抽痛，疼到我彎折著腰。

「比拉爾，你沒事吧？」

曼吉特和薩利姆一臉擔心的靠上來，我睜開眼睛，看到曼吉特橘色的頭巾，在最後一抹天光中變成剪影。他握住我的手臂，將我拉起。

「我沒事，沒事，只是有點累了。」我答道，「卓塔，你過來，還有，你別再抽菸了！」

卓塔怯怯的把菸捻熄，走了過來。

我們一起蹲下來，我打開一包用佛寺出的鉛筆換來的芒果，曼吉特掏出一把小刀，把芒果切成小片分給大家，不過卓塔抓起一整顆芒果，對著一端吸吮。薩利姆彈了一下卓塔的耳朵，曼吉特則搖著頭。卓塔最愛搶東西了，尤其不是他的東西。

「計畫像做夢一樣的成功了，可是我離開後發生什麼事了？」我問。

薩利姆和曼吉特互看一眼，大笑起來，然後兩人毫無預警的開始撲向對方。卓塔不甘寂寞，用牙齒咬住芒果，撲到扭成一團的兩人身上，立馬用手勾到曼吉特的頭巾，把頭巾扯下。我看了一會兒，然後聳聳肩，也加入戰局，跳到薩利姆身上。夕陽西沉，市集上任何人只要望向屋頂，便會看到四個髒兮兮、瘦巴巴、身高各異的男孩，四肢打結的扭成一團，跟瘋子一樣嘻笑著，被一長條染著陽光的橘色布塊纏在一起。

6

我這套辦法經過一周的測試，都沒出意外，但我還是擔心卓塔會打瞌睡，錯過往我家去的人士。卓塔常在課堂上睡著，即使旁邊圍著一群吵吵鬧鬧的男生。穆克吉先生並不管他，他大概沒把握哪一種比較糟糕吧——是清醒機伶的卓塔，還是在朗誦泰戈爾的詩詞時，一路打呼的卓塔。

有天晚上我把心中的憂慮告訴卓塔，他要我放一百個心，他在屋頂上從來沒打過瞌睡，因為市集上永遠有看不完的熱鬧——不是有人在喊叫，就是有八卦可以偷聽——所以他總是保持警覺。從屋頂上還可以看到墓園，那裡是人們鬥雞的場地。我們都知道鬥雞很血腥殘忍，卓塔的叔叔就是籌辦者。我們一直沒有勇氣去看鬥雞，至少現在還沒有。

卓塔窩在他的老位置，屋頂的邊緣上，雙腳盪在空中，嘴裡嚼著一根稻草。我們留下他看守，逕自去玩牌。市集裡的香料和肉的香氣撲面而來，我正在考慮該打哪張牌時，聽到曼吉特的肚子發出咕嚕嚕的巨響。薩利姆笑得滿地打滾，一手牌掉在地上。

「你肚子裡八成躲了一隻餓虎，曼吉特！」我咯咯笑說。

「比較像是咆嘯的小老虎吧。」薩利姆插話道。

「你們儘管笑吧，我已經一整天沒吃東西了。」曼吉特抱著肚子唉嘆說。

「那我稍早看到你吃的那顆芒果呢？」薩利姆問。

「還有我看到你在學校吃的兩片印度烤餅咧？」我問。

「別忘了我給你的那顆石榴。」卓塔從我們後面補一句。

薩利姆笑著在地上滾，紙牌再次掉落一地。

「是啦，我確實吃了一點東西。」曼吉特坦承說，「輪到你出牌了，薩利姆。」

薩利姆拾起紙牌，斜著眼仔細打量，然後咧嘴一笑說：「葫蘆！」他把牌高高舉起，讓大家看個清楚。

曼吉特瞄向我，使了個眼色。

「等一等。」我說。

「薩利姆，你不可能有這幾張牌，你的上一張牌——」曼吉特才開口。

「你們在說啥啦？反正你們兩個都欠我一顆芒果，我就不跟你們計較品種了，只要成熟多汁的就行。」薩利姆說。

「等等。」我看著薩利姆的腳說。

「瞎毀啦？」薩利姆回答。

「你的拖鞋下面是什麼東東？」我問。

「你的牌掉到地上的時候……」曼吉特邊說，邊撥開薩利姆的腳，露出底下的一張紙牌。

「曼吉特，壓住他，我去找根竹子好好教訓他。」我邊說邊站起來。

曼吉特抓住薩利姆，開始搔他癢。

「唉喲！牌一定是從整疊裡頭掉出來的。我沒騙人，唉呀！別再搔了，曼吉特，你這個大豬頭。」

曼吉特和我坐在薩利姆身上，由曼吉特持續搔他癢。

「唉喲喂呀，別壓我啦！曼吉特比一隻驢還重！快滾啦！」

大夥哈哈笑著開始在薩利姆身跳上跳下，逗他站起來，然後再坐下去。

卓塔突然打斷大家。

「喂！市集遠端好像有動靜，安靜一下！」

曼吉特和我靠近卓塔，從屋頂邊望出去，看到夕陽餘光中，有一群人聚在市場邊緣的小廣場上。

「他們看起來好像都蒙了臉，你覺得他們在幹麼？」曼吉特問。

那群人聚攏在一起，顯然在激烈的討論什麼事。

「不知道耶，但反正不會是什麼好事。」我說。

「咱們去弄清楚！」卓塔說著已來到樓梯口，我們還來不及阻止，他已經沿著梯子溜下去，朝市集方向疾奔而去了。

「那小子……咱們現在該怎麼辦？」薩利姆問。

「咱們得跟著他，要不然他一定會惹麻煩。」我回答。

曼吉特是第二個離開屋頂的人，他腿長，下樓的速度特別快。薩利姆跟著他，我則落在後面一步。我們鑽進迷宮般的街巷裡，只能隱約看到前方巷道裡，有個小小的人影鑽進鑽出。跟著熟識的人就有這種好處，你很清楚他們的慣行路線。鎮上的人都知道去市集的捷徑怎麼走，曼吉特正確無誤的跟著卓塔左彎右拐，薩利姆和我再次繞過彎角時，一頭撞在曼吉特身上，曼吉特突然煞車，在卓塔跟前打住。曼吉特用手指壓住嘴脣，領著我們走入陰影中。

市集另一端傳來低語聲，我們還是離得太遠，無法聽清楚內容。我抄到卓塔前面，示意他跟著我，從陰影中進入另一個陰影裡。那群人挑的地點很隱密，若不是因為我們剛剛在屋頂上，絕不可能看得見他們。市集後方有個倒垃圾和卸貨的小區塊，我們的背緊貼著牆，躡手躡腳的慢慢前移，豎耳傾聽，對方的聲音越來越清楚了。

「依我看，把它燒了，以示立場。」

「放火燒掉有點太激烈了吧？」

「不激烈怎麼表態？你這笨蛋。」

「如果只砸毀個東西，把現場搞亂就好呢？」

我們已經走到可以聽見的距離了，就在離廣場入口最近的那道牆邊。卓塔心急的站在我旁邊，一直伸長脖子想看清轉角後的情形。我把他擋在一條臂膀的距離外，努力聽清他們的對話。

「聽好，我們一定得讓他們知道，我們絕不善罷干休。我們越早剔除這些穆斯林垃圾，對我們越好，他們在印度各地殘殺我們印度教的兄弟姊妹，我們一定得報仇。」

我瞠大雙眼，回頭看看他們是否也聽到剛才的話。看到大夥一臉震驚，我知道他們也都聽見了。薩利姆激烈的向我示意，想抓住我的手。卓塔掙脫我的手，把頭探出轉角。

那群人壓低聲音繼續交談。

「你確定要如此嗎？我從沒縱過火。」

「又不難，對吧？拿塊布沾點油，塞到瓶子裡，用力丟進去，就這麼簡單。」

「萬一有人在裡面呢？」

「我說過，我們的目的是表達立場，還有什麼比一具燒焦脆掉的屍體更能表態……」

把人活活燒死！光想到這點我就噁心反胃，**我們不該來這裡的。**

卓塔把頭縮回來，大夥動也不動的站著。他們的聲音只比耳語大一些，薩利姆驚嚇得不知所措，拖著曼吉特離開幾步，我舉手要他等一等。**如果我們能查出對方縱火的對象是誰或是什麼東西，至少可以去警告他們。**

我伸長脖子去聽，只聽到壓低的聲音，彷彿一群人正在離去。我感覺卓塔在我身後扭動，便拉住他，要他別再亂動，可是卓塔繼續掙扎，我煩亂的回頭一看，才發現他正想打噴嚏。我趕緊捏住他的鼻子，卓塔自己也摀住嘴巴，發出一聲悶響。卓塔慢慢鬆開手，笑著抬起雙手，接著他的頭往前一傾，打了個小噴嚏，我根本來不及阻止。我們全部傻住了，薩利姆一臉驚恐的看著我們，那群人的聲音又再度傳了過來。

「剛才是什麼聲音？」

「誰在那兒？」

一陣腳步聲朝我們走來，我把卓塔推向曼吉特和薩利姆。

「跑啊！」我高喊。

一群人拔腿狂奔，衝回迷宮般的巷弄裡。

7

我們聽到後頭傳來各種飆罵和咀咒，大夥左彎右繞，朝屋頂的方向跑去，但我知道我們不能全部一起過去，若想逃脫，就得分散開來。卓塔領在前頭，我扯住他的衣服，逼他停步。幾秒鐘後，曼吉特和薩利姆也跟上來，停下步子，大口喘氣了。

「我們得分開逃，如果我們分散開來，他們就更難逮到我們了。卓塔，你一有機會就爬到屋頂上，然後留在那兒。薩利姆，你朝反方向走。曼吉特，如果可能的話就盡量避開，不過他們的年紀聽起來大不了我們多少，就算有人追到你，你就把他撂倒，然後回家去。」

「你確定分頭走好嗎？」薩利姆問，「那你呢？」

「我不會有事的，走吧！」

我們從陰影中出來，直接朝巷口奔去。後面傳來喊叫聲，就在我們抵達巷子口時，大家分頭逃逸，曼吉特向右急轉，薩利姆奔向左邊，而卓塔早就不見人影了。

我跑入巷子裡，左右轉了幾個彎後，停下來聆聽追兵動靜。要是盲目的往前奔，反會搞不清狀況，也不會知道是否有人追上來。我躲進一處陰暗的凹洞裡，停下來彎折著腰，用雙手握住膝蓋，大口喘氣。我盯著黑暗，豎耳聆聽，站直身體，然後靜靜等待。**什麼動靜都沒有，他們八成去**

追其他人了。正當我準備從暗處走出來時，聽到一陣悉悉窣窣的聲音，然後有人喊道。

「你在哪裡？你這臭老鼠！我看到你躲進這兒了，我們看到你們分頭跑，你的狐群狗黨大概都被逮到了。你在哪裡？我知道你就在這附近，你不想一輩子都當個見不得人的老鼠吧？」說話的人譏諷道。

我摸著背後的牆，渾身發緊的僵立著。**快想辦法，比拉爾，快想個辦法！**

「露臉吧，小王八蛋，老子快沒耐心了，如果你自己出來，我或許下手輕點，要是被我揪出來……」

那聲音漸漸行遠，移到我右邊的另一個巷子口，我的機會來了。

「出來，你給我出來，小老鼠，老子這兒有食物給你吃啊，你是存心刁難老子是吧，我會讓你嚐嚐苦頭的，小混蛋，老子要放火燒了你，看你如何品嚐火焰的滋味……」

不等他說完，我衝往左邊一個黑暗的巷口。這裡的巷弄更複雜，但是我瞭若指掌，我聽到那嘲諷的叫罵聲還在背後，但越離越遠了，我知道自己掙到了一點時間。

你逃不掉的，你的去向我看得一清二楚，遲早會追上你。

此時巷道裡空無一人，又十分黑暗。我聽到的那個聲音是我腦中的幻覺，還是他真的緊跟在後？那聲音不斷譏諷，害我忍不住回頭。我大口喘著氣，低頭努力專心前行。

我一定會抓到你，臭老鼠，我就追在你後頭，不管你拐多少個彎，躲多少次，我都能嗅得出你在哪裡。

汗水滴入眼中，刺痛我的雙眼，我用力擠眼，一邊甩頭，我唯一能聽到的，是自己粗重的喘息，那聲音在我耳中轟響。我放緩腳步，視線因頭痛而飄移，我若再不停下來休息，胸腔鐵定會炸掉。於是我倚著一堵牆，靜靜等待。

我立定不動，眼光掃視每一道影子、每一個巷口，蒐尋任何突如其來的動靜。**他追來了嗎？我聽到他的聲音了，不是嗎？**我覺得必須繼續走了，我慢慢從牆壁上轉過身來，邁出幾步。那是什麼？**那個聲音，來自右邊的聲響**。

我在肺裡吸飽了氣，衝入黑暗裡，我不太確定身在何處，我掃視四周的房屋、牆垣，蒐尋熟悉的地標，我差點跌倒，發勁在窄巷中奔跑，焦急的尋覓標示。

那聲音又在我腦中浮現。**哈！你以為你能逃出我的手掌心？蠢蛋，這不過是場遊戲，我就在你背後**。

我回過頭，看到暗影中有些動靜。我腳步踉蹌的死命衝進一條暗巷，結果一頭撞到別人，跟對方跌作一團，兩人翻身滾開，快速的站起來。我向後退一步，雙手握拳，咬緊牙關準備一搏。**我不會讓你輕鬆得逞的**。

「比拉爾，是我，卓塔。沒事了，是我呀，把你的手放下來。」

卓塔走向我笑了笑，搖著頭。

「那些蠢蛋竟然連個跛腳驢都追不上。」他露著牙挑釁的說。「走吧，咱們離開這裡。」

「我們先確保薩利姆和曼吉特也逃脫了吧。」我說。

我回頭看了幽黑的巷弄迷宮最後一眼，任由卓塔帶領我離開，同時極力撇開腦中那清晰可辨的聲音——那踩響我們身後地面，如影隨形的腳步聲。

8

回到家裡，我站在家門外安靜的街道上，打了一桶水，對著臉上潑水，然後把整桶水淋到頭上。寒氣滲入骨中，我可以感覺到水珠沿著身體流下。我縮著腿，雙手環抱自己，冰涼的皮膚令我打起哆嗦。這感覺真好，**身體若是溼的，就不會糟到火焚**。

我望著我們家，溫暖的燈火向我招手，像在歡迎我。我走進去反手把門關上，終於又感到安全了。我的胃突然咕嚕嚕叫起來，讓我想到前不久的曼吉特，以及我們嘲笑他的樣子，一切變化竟如此之快。我捧著肚子，走進房中查看熟睡中的父親。一切都變了，可是此時此地，這裡卻一切如常。**千萬要撐住，莫讓這裡起了變化**。

我的肚子又叫了，便決定煮些米飯。父親現在唯一能輕易吞下，且不會吐出來的，也只剩米飯了，但也得我逼著他吃才行。

這是個溫和宜人的夜晚，我們的小街上飄出各種不同的菜香。我可以聞到對門安俊哥哥家陣陣飄來的炭火烤魚，我還知道，隔壁的塔斯妮姐姐一定又在煮扁豆，因為她除了星期二洗頭髮那天，每天都煮扁豆。她先生老是抱怨胃裡發酸，父親認為，那是因為塔斯妮姐姐看不起她老公懶得工作，所以每餐煮扁豆，以示懲罰。父親還說，塔斯妮通常帶著孩子睡在隔壁她姐姐家，她老公則捏著鼻子，擺個臭臉。想到拉提夫哥哥被炊煙燻到不行的樣子，我們就忍不住咯咯暗笑。

我喜歡在夜裡陪伴父親，雖然這些日子，他經常很快就疲累，我為他讀書時，他聽著聽著就睡著了。有時父親故事說得顛三倒四，我會裝作沒事，但他會很懊惱自己毀了故事，或氣自己的記憶和思路不再清晰。現在，他若問我想不想聽故事時，我會故意挑個短篇故事，讓父親能順利講完，然後我再讀書給他聽，直到他睡著為止。即便如此，父親依舊是鎮裡最會講故事的人，因為——他總是提醒我——他的故事都有特殊目的：「故事說得好，講完後還能使人繞樑三日。就像鑰匙旋開了鎖頭，大門洞開，故事內容完全展現在眼前。」

他痛苦的在床上撐起身體，讓我餵他濃粥，他邊吃邊問我市集、醫生的事，以及最近穆克吉先生的授課內容。父親問我，他是否還戴著他的銀懷錶（父親每次必問），當我說穆克吉先生還是不停的看懷錶，而且還自言自語時，父親就開懷的笑了。我還指出穆克吉先生的耳朵像兔子，逗得父親差點把稀飯打翻在腿上。

我煮了些熱的甜奶茶，坐在皺巴巴的床尾，我在嘴裡涮著熱奶茶，回想今晚發生的事。我想清晰的記下此刻的情景，不想忘記，永遠不要忘記。父親曾經告訴我，有一種叫做相機的神奇東西，可以凍結歷史與時間，就像我們在書本和報紙上看到的一樣，這讓我有個想法。如果人做的機器能辦得到，我們一定也可以。我在心裡做好準備，眨一下眼睛，拍下幾幅景像，記錄父親明亮的眼睛、從窗口飄入的氣味，甚至是拉堤夫哥哥在扁豆煙氣中睡覺的樣子。我將這些全攝入心中，仔細存放。父親看到我，問我還好嗎，我沒有回答，反倒問他一個一直擺在心裡的問題。

「命運是什麼，父親？你相信命運嗎？」

幾天前，穆克吉先生在課堂上解釋說，命運是某種不在我們控制內的東西。「我們的一生是不是事先全都安排好了，如果是的話，是否表示我們什麼事都不用做，隨命運流轉即可？」

父親看著我，心裡好像有個開關被打開了。他眼睛一亮，就像在柔和燭光中閃著光芒的紅寶石，他在床上把身子坐得更直了，我幾乎能感受到他爆發的能量。我按緊他的手，我最喜歡父親這種模樣，充滿生命力與亮光，像根隨時準備衝上天空的煙火。

「讓我告訴你一個有關命運的故事，孩子。」

父親痛到緊蹙著眉，但臉上卻有股單純的喜悅，他說了一則這樣的故事。

＊　＊　＊

有個商人按例到海邊晨間散步，看到一名男子蹲在地上拿杯子裝沙，商人看著男子把杯中的沙倒在旁邊的大沙堆上，然後再去裝沙。商人走上前問男子在做什麼。

「我是命運，」男子說，「我在分配每個人今天要吃的食物。」

「你真的能那樣做嗎？」商人問，「那麼我向你挑戰，別發給我今天的午餐。」

「如你所願。」命運回答他。

商人買了一條魚帶回家，交給他的妻子，接著就去上班了。下午他回到家，坐著準備吃飯，妻子把煮好的魚放到他面前。

商人心想，命運說他不會讓我吃到午餐，但現在誰能阻止我吃這條美味的魚？

商人哈哈大笑，妻子以為他在嘲笑她的廚藝，便開始罵他。商人越想越氣，便起身衝出家門，等到冷靜下來後，才了解事情的嚴重性：命運果然成功的讓他吃不成午飯了。

＊　＊　＊

我按父親向來的教導，讓故事在心中慢慢沉澱。幾分鐘後，我看向父親，他正認真的打量我。

「我了解這個故事，但這有什麼意義？」

「什麼什麼意義？」

「如果萬事早已天注定，那麼努力與追求成就還有什麼意義？誰還會去盡力？」

父親很快就累了，因此我不再往下說了，催他躺下來。我吹熄最後幾根蠟燭，在他床邊擺了杯水。我撫著他的頭，直到感覺他呼吸均勻，才走到我在角落裡的小床。我正準備要吹熄剩下的蠟燭時，父親開口了。

「意義就在於要好好的活著，孩子，無論面對什麼，都要盡人事，剩下的就交給天命了。」

我躺在小床上，渾身劇痛，我緊緊蜷縮成一團，希望疼痛能快點離開。命運或許能影響別人的生命，但無法左右我的，我決定不受干預，掌握自己的命運，並掌控發生的事。想到這裡，我閉上眼睛，然後仔細的整理剛才攝下的記憶相片。

9

次日清晨，一陣悉悉窣窣的聲音惹得我勉強睜開一隻眼睛。時間還早，我還不想起床，但悉窣聲持續不斷，逼得我一隻眼睛再睜大些，讓自己維持在半醒狀態。那雜音停止了，慶幸之餘再度閉上眼來。

幾秒鐘後，感覺有隻手摸在我身上，整個人便被嚇醒了，我揉著惺忪的眼睛，然後抬起頭，看到我老哥洛菲克。他站在我面前，手指壓著嘴唇，要我安靜。他點點頭，表示要我跟著，接著老哥踮著腳尖走到隔壁房間。我嘟囔著，萬分不捨的看著小床，然後收拾好制服，隨著他走出去。哥哥突然殺回家來，一大早把我吵醒，絕對沒有好事。

「幹麼啦？」我抱怨道。

他看著我，蹙著眉頭，掏出一個手捲菸的菸頭和縐成一團的火柴盒。

「你明知這裡不准抽菸，書本都是易燃物，爸爸要是知道了一定會非常生氣，去外面啦。」

哥哥碎唸了幾句，朝外面走。他搖搖頭，突然捉住我的襯衫領口，用力將我拉向他，把我拖出門外，還粗魯的敲我的頭。

「放開我，你這個大笨驢，快放手，否則我咬你。」我咬著牙，盡量壓低聲說。

老哥把我轉過身，輕輕踹我背部一腳，然後點起菸，靠在房子牆上，上下打量著我。我靠在對面牆上，也依樣畫葫蘆的打量他。

離上次看到老哥至少有一個月了，或許更久些。他一身素白，頭上緊緊纏著一條白巾。他臉上冒著斑駁的鬍青，但他跟父親一樣，總是把鬍子刮去。明豔的陽光照在我們的小屋前方，他衝我一笑，咯咯笑看著我的怒容。據父親說，我這個表情跟他如出一轍。我幾乎可以聽到父親說：「**好嚴肅啊，你們兩個，太嚴肅了。去喝杯拉西，冷靜一下，行嗎？生命是用**

來享受，不是拿來隱忍的。」我看著哥哥，但沒有笑。他看起來跟父親好像，我眨眨眼，又拍了張照片，存下來稍後細看，以防又有一個月見不著他。

「老頭子還好嗎？」他問，一邊把香菸踩熄，然後仔細盯著我。

我用挑釁指責的眼神瞪回去。**你跑哪兒去了？他都快死了，他的情況就是那麼糟糕，不久就要死了，難道你不能去探望他，陪他坐一會兒嗎？**

我突然想到，老哥不在家，或許倒好。每次他去看父親，就會跟他爭執印度的情勢、宗教和他的「新朋友」。父親稱他們為狂熱份子——「是最糟的愛國人士，因為他們的思想充滿暴力。」我垂下頭，望著自己髒兮兮的光腳丫，哥哥最好根本不要去探望他。我微微抬頭，看到老哥仍緊盯著我。

「你一定跟醫生談過了，你明明知道他的狀況。」我近乎啐道。

他瞪著我的臉，一副想探出什麼，然後懊惱的轉開頭，拍拍自己的襯衫，尋找香菸。他停止躁動，嘆口氣說：「他快死了，我知道，就跟這個爛國家一樣，一天天的、慢慢的垮下來。」

他憤憤望著我，令我有些畏縮，那對眼眸燒灼著我。

「比拉爾，要不了多久，你留在這裡就不安全了，你得小心點，快把老頭子弄出去。大家都在選邊站，界線遲早會劃定，我們大家都會被迫選邊，你明白了嗎？我們是穆斯林，他們是印度教和錫克教徒，就算我們分享同樣的空間、買同樣的食物、講相同的語言，可是……我們就是不一樣。」

我眼中仍含著睡意，便晃一晃腦袋，讓自個兒清醒。哥哥憤怒的語氣著實教人害怕。

「你知道老爸是絕對不會離開的，永遠不會。你也知道他對時勢的看法……他……」

老哥再次生氣的看著我，搖著頭說：「他還是相信他心愛的印度會平安無事，是嗎？你看看四周吧，比拉爾！你覺得看起來，或感覺起來像是同一個地方嗎？一切都不一樣，全都變了。咱們在這兒談論的同時，那些禿鷹已經在頭上盤旋了，他們很快就會俯衝下來爭食，印度的殘骸將被所謂的和平人士、學養之士和政客，被我們所謂的精英份子啄食得一絲不剩。我討厭他們，改變的時機到了。」

我受不了他的激越，便調開眼神，閉上眼睛。那一刻，我覺得不認識我哥，他跟父親一樣，有熱情、精力和毅力，但我一點感覺都沒有，覺得好空虛。哥哥停下來，在地上吐了口口水。我沒空理會他的不平，我將自己的憤怒深藏心底，他為什麼就做不到？

「我得去上學了。」說著我從他身邊轉開。

老哥不再生氣了，他看起來有些窘迫，彷彿不知道自己身在何處，或為何來到此地。我想繞過他，他卻抬手橫在門口，阻擋我進屋子。

「我在你的銀錫罐裡頭放了一點錢，我不知道我啥時候會回來。」

我心不在焉的咕噥著跟他說再見，從他臂膀下鑽過去。我感覺哥哥的眼神盯在我背上，但我忍住不回頭看。老哥沒說道別，我聽到他轉身大步走向街上。我低頭回望門邊，看著他消失在小巷裡。

一記沉悶的敲擊聲，打破寂靜的早晨，穆克吉先生開始敲上課鐘了。我連忙開始著裝上學，沒空生老哥的氣。下次他回來，我會叫他別再回來，他來只會搞破壞，因為我要不擇手段的實現我的計畫。

10

黎明之前，市集裡的日常又開始了，晨陽溫和的在城裡和市集的商販身上，染出一層金光。幾隻驢子一如平日的在市場邊緣閒晃，嚼著稻草，髒兮兮的狗兒尋覓殘羹剩飯。不知怎地，看著人們展開日常，讓我覺得父親也許說得對，沒有什麼事會真的改變。報上和收音機裡的那些重大事件，看一看，聽一聽就算了，那不是我們所能想像的。那些事不會發生在像我和父親這種只想在市集附近，開心快樂過日子的平凡人身上。

我從老人旁迪切里身邊衝過去，他跟平時一樣，坐在市場邊緣陰影中的舊桶子上。老人朝我吹哨子、罵我，他雖然是瞎子，但是當我從他身邊經過時，他總會知道。有時我會跟幾名男生偷偷朝他溜過去，等來到他身後時，他會突然轉身，把我們嚇一跳！然後自顧自的咯咯笑說：「你們一般人的感官是有限的，但我呢，多出了一種你們看不到的感官。」我沒空停下來，便朝他揮揮手，當下覺得自己很傻，不過我邊跑邊回頭看時，卻看到老人也朝我揮手。我困惑的搖搖頭：旁迪切里果真有特殊的感官！

我衝往學校時，稍稍繞路去看卓塔是否在屋頂上。

「卓塔！卓塔！你有沒有在上面？」

沒人回應。

我又焦急的喊了一遍，穆克吉先生應該在趕最後幾個學生了，我真的得走了。卓塔突然從屋頂上冒出來，眼睛還有點惺忪。我抬頭看著他，鬆了口氣。

「我一直在喊你，你跑哪兒了？我還以為你在家裡床上。」

卓塔一臉困惑的揉著眼睛。

「我為什麼會在家裡床上？」他垮著臉問。

我聳聳肩，「因為你有可能還在睡，或沒被你媽叫醒，我怎麼知道。」

卓塔像貓一樣的伸著懶腰，搖搖頭，「不會有那種事的，比拉爾。」他打著呵欠說。

我聳聳肩，不懂他到底想說什麼。

「不會出那種風險啦，因為我就睡在屋頂上，我們同意計畫後，我就一直睡這兒了。」

我張大嘴，瞪著他。

卓塔哈哈笑說：「你不覺得你該走了嗎？你上學要遲到了，我稍後再跟你碰面。」說罷他揮手道別，慢慢走回他的制高點。

我啞口無言的轉過身，朝穆克吉先生漸歇的破鈴聲奔去。

11

等所有人都就定位後，穆克吉先生得意的站在教室前方，手拿懷錶，不停的每隔幾秒就瞄一次。

「大家安靜，我們今天先做算數。」

眾人齊聲哀嚎，先做算數，沒有人喜歡，只有沙林例外，他露出微笑。

「好了，好了，我知道，可是我們要趕進度，如果現在不上數學，就得等到星期一了。」

蘇瑞吉舉起手，「我們為什麼不能等下午再上數學，老師？」

穆克吉先生幾乎難以按捺興奮的左右跳著腳。

「因為，同學，今天下午有位特別的貴賓要來跟我們說話。」

小小的教室又泛起一陣竊語，但是這回語氣截然不同。老師果然引起大家的注意了，我望著另一邊的曼吉特，然後聳聳肩。**來賓是有多特別啊？**

穆克吉先生清了清喉嚨，「各位同學，今天我們有位極其特別的來賓，你們一定要彬彬有禮，如果大家真的很有禮貌，那麼下星期，我們可以找個下午到操場打板球。」

擁擠的教室裡爆出迴盪不去的歡呼聲。**他一定很特別**，我心想。

穆克吉先生再次叫大家安靜，然後收起懷錶。

「今天下午，真正的拉傑普特血脈傳人（譯注：Rajput，印度的傳統戰士民族，直至二十世紀，印度多數土邦均由他們統治），桑拿波・泰瑪王子，查西康德王儲，要來拜訪我們。」

全班安靜下來，過去穆克吉先生曾規劃一些「特殊」人士來訪，有一次父親來了，他從市場帶來各種水果和蔬菜。醫生也來訪過，拿著他的聽診器幫我們幾位同學檢查——但從沒有王子到訪過。我們開始上數學課，卻有種抑不住的興奮氣氛。

＊　＊　＊

查西康德的桑拿波・泰瑪王子，四百多年的邦國王位繼承人，是名矮小的男子，他穿著傳統的王子禮服，戴著一頂繡上金線的漂亮白色頭巾。他站在門口，等穆克吉先生宣布他的到來，然後眼睛直視前方，邁步走進教室，王子腳跟一轉，面對我們。穆克吉先生連忙把自己的椅子拉過來請王子坐，王子緩緩垂身，擺好坐姿，挺直背桿，揚起下巴，右腿架在左大腿上，然後將他彎長的塔爾瓦劍（talwar sword）靠放到腿上。等教室裡漸漸安靜下來後，王子向大夥微微點頭打招呼。

「您住在有大象的皇宮裡嗎？」蘇瑞吉劈頭就問。

穆克吉先生跳起來，正想訓斥蘇瑞吉時，王子卻抬手制止穆克吉先生，穆克吉先生只好坐回去，怒目瞪著蘇瑞吉。

「是的，年輕人，我確實住在皇宮裡，可是我並未與大象同住。牠們有自己的房舍，跟牠們同住，氣味有點不佳。」

即使在穆克吉先生的瞪視下，全班還是忍不住咯咯的笑，也開始放鬆下來。

「是的，這位同學，我住在離此地很遠的印度北部山區。那是一處天然又美麗的地方，有絕美的景色、山谷與山溝。那裡的人非常強壯，卻極為好客，總是會請你喝杯清涼的水和簡單的食物。他們並不富裕，但了解待客之道。我的皇宮俯瞰卡納科山谷（Kanak Valley），那裡多年來一直是我們家族的基地。我是桑拿波・泰瑪四世，也是查西康德第十六位王子。」

全班聽得如醉如痴，王子端坐在椅子上，口條便給而清晰的談著他自己和人民。他有種特別的本領，讓人覺得你是房中唯一的人，而他在我們擁擠而灰撲撲的教室裡，似乎非常自在。

記得父親說過，印度各區的某些王子「殘酷、虛榮又腐敗」，他覺得他們如果只是空具頭銜，也就還能接受。「他們屬於印度的過去，現在輪到老百姓當家做主了。」**瞧瞧那變成什麼樣子了**，我心想。我仔細端詳桑拿波・泰瑪，想看出一些殘酷的跡象，可是王子看起來非常正常，只是他口才真的很棒，而且他沒有嚼菸草或不時吐汁。王子的鬍子仔細的抹了油，衣服鮮潔無斑點，在我們所住的骯髒集鎮裡，那可是天大不得了的事。我低頭看看自己的襯衫，瞥見一個大汙斑，我動手揉搓，結果卻越弄越糟。穆克吉先生聽得眉開眼笑，等王子停止說話後，穆克吉先生向前踏出一步。

「好了，有誰想對王子提點像樣的問題？」他問，又瞪了蘇瑞吉一眼。

結果穆克吉先生白費心思了，因為教室裡每個人對於提出異想天開的問題，更感興趣。

「您有多少紅寶石？」

「不像以前那麼多了。」

「您有養老虎嗎？」

「老虎是沒法擁有的，任何人都養不了，牠們是野生的，需要自由。」

「您有沒有處死過任何人？」

「我只處死問傻問題的小男孩。」王子咧嘴一笑，露出頑皮的神色。

穆克吉先生驚駭的四下環視教室，當他與我的眼神對上時，揚起眉，彷彿在說：「**比拉爾，問個像樣的問題吧，快點！**」

我在心中想好問題，緩緩舉起手，等王子在一堆高舉的手臂中瞥見我。他又耐心的回答了幾個問題後才看到我。王子指著我，點點頭，我清清喉嚨。

「桑拿波・泰瑪王子，我父親說，國王和王子往往十分殘酷、虛榮、貪婪。那是真的嗎？」

穆克吉先生一副無法呼吸的樣子，王子在椅子上坐得甚至更挺了，他直盯住我。

「這是個好問題，年輕人。國王和王子往往十分殘酷、虛榮、貪婪，但並非所有的國王和王子都那樣。許多人會關心住在他們土地上的子民，施以正義，公平的化解紛爭。他們的責任是為國家帶來貿易與財富，不僅讓皇室能夠興旺，也使百姓豐衣而足食。」

穆克吉先生安定下來，臉看起來沒那麼紅了。我再次舉手，王子朝我點點頭。

「可是現在沒有那麼多王子或國王了，您現在能做些什麼來幫助老百姓？您現在擁有何種權力？」

王子臉上掠過一抹痛苦的神色，但他緩過神，明確的表示：「沒錯，我們確實不像以前那樣位高權重，時代變了，但只要我的土地上還住著百姓，需要我的照料，我就會是他們的王子。印度變了，而且還繼續在改變，但我今天到此地的目的，就是要告訴各位這點：你們是印度的夢想。無論去到何處，你們都背負了這個國家的理想，無論接下來幾年發生什麼事，請記住這點，並牢牢堅守。我相信你們所有人，你們也都必須相信我們的祖國印度。」

小教室裡一片安靜，只聽得到穆克吉先生懷錶滴答滴答響，和卡——的一聲闔上。印度的時間要用完了嗎？我不敢想如果滴答聲停止，會出什麼事。當穆克吉先生感激王子的蒞臨時，我靠在牆上閉起眼睛。王子、政客、詩人和史學家，他們都是一個樣子，只會靠一張嘴——用語言去激勵人們，給他們希望，用謊言讓大家暫時覺得太平。我覺得在一個滿是騙子的世界裡，當個第一流的說謊家，是必要的關鍵技巧。我張開眼睛看著王子，心想，也許那是你需要的唯一技巧。

我突然聽到前面有個男孩發出怪叫，曼吉特一頭撞在我身上，兩個人八肢交纏的摔滾在地上。

「怎麼了？怎麼回事？」我大喊。

他用一種既恐懼又興奮的表情看著我，指著教室中央，一句話都說不出來。我推開眾人，然後僵住。在我面前不到三英尺的地方有一條蛇，一條眼鏡王蛇！更糟的是，那條蛇被激怒了，更試著用催眠般的擺晃，瞄準其中一名男孩。這裡怎麼會有蛇？牠是怎麼跑進來的？接著我想到了。卓塔。放蛇是他的聲東擊西之計！有人往我們家去了。所有人都當場僵住，目不轉睛的看著款擺有律的眼鏡王蛇。

我頭也不回，踉踉蹌蹌的朝門口走。**不能等了！**我心想，然後奔到大街上。

12

卓塔就在學校外頭等我。

「幹麼放蛇啊？」我大叫。

「是三聖人！他們只離幾條街而已。」卓塔邊說邊跑在我身邊。

不妙！他們很難甩開。

我們聽到身後傳來重重的腳步聲，看到薩利姆和曼吉特很快追上來。

一夥人馬不停蹄的朝我家所在的街道奔去，卓塔和我在三聖人抵達前不久趕到，曼吉特和薩利姆隨後即至。

「那條蛇後來怎麼了？」我問他們。

「穆克吉先生把教室清空後，叫我們回家。王子去市集廣場參加典禮了。」薩利姆答道。

我們在街上聽到接近的腳步聲，三聖人包括詹姆斯神父、梵學家高希和阿里伊瑪目（譯注：Imam，伊瑪目乃伊斯蘭教的領袖）。他們宗教雖各自不同，卻是極要好的朋友，會一起在市集街上閒晃，告誡那些沒去上教堂、寺廟和清真寺的人。

「裝沒事。」我壓低聲對朋友們說，然後轉身面對三聖人。

「祝福你們。」神父說。

「祝你們平安。」伊瑪目說。

「你們好。」伊瑪目表示。

我微笑著故作輕鬆的擋住我家門口。

「孩子，我們是來見令尊的。」伊瑪目作勢要從我身邊穿過。

「您真好。」我不為所動。

「是的，祈禱能讓他好過些。」神父說。

「我相信會的，可是我很訝異各位竟然還沒聽說。」我靠在門上說。

「聽說什麼？」梵學家問。

「噢，我還以為您曉得了，那是會傳染的。」

「什麼會傳染？」伊瑪目停下來問。

「父親的病啊，傳染力很強，你只須待在那裡幾秒鐘，就很可能得病了。」我回答。

「得什麼病？」神父猶疑的問。

「是一種噬肉……」薩利姆插道。

「你會先脫皮……」我接著說。

「接著是掉頭髮……」薩利姆說。

「不過還是歡迎各位進來。」我說著將門推開。

「也許我們改天再來吧。」神父說。

「是啊，現在也許不太適合。」伊瑪目說。

「請轉告他，我們會幫他禱告的。」梵學家離開時說。

三聖人火速轉身，匆匆忙忙的走到街上，消失在巷子裡。我目送他們離去，轉身看到卓塔、曼吉特和薩利姆抱著肚子，笑倒在地上滾著。

「我從沒見過他們跑那麼快。」薩利姆眼中噙淚。

「實在太好笑了。」曼吉特咯咯笑。

「我實在不知道該笑還是該哭。」我說。

13

過去有不少皇室到集市拜訪，他們來時，總是盛事一件。我以為即使在這種詭譎的時段裡，王子來訪還是會令人們興奮歡樂，可是我卻感覺群眾裡有股緊張的氣氛。

我往圍聚在王子身邊的那群人挨近，拐著手肘一路推擠到前方。鎮長正興高采烈的跟王子說話，然後話題轉向政治。王子一臉乏味，接著他與我四目相對，王子低聲對身邊的男僕說話並指向我。我望向身後，看王子在指什麼，等回頭時，竟發現那名高大的男僕就站在我前面。他上下打量我，然後用拇指比著王子的方向。

「王子想跟你說話，孩子，隨我來吧。」

我覺得有一百雙眼睛在盯著我，我忍不住後退一步，但後邊人群有人把我推到男僕的懷裡。我憤憤的轉頭想瞪人，但很快被帶去一群老者及委員們聚首的地方。王子坐在一張披著天藍色東西的椅子上，他的長劍仍擺在腿上。王子與市長談完話了，把注意力轉向我。

「你好嗎，比拉爾？今天去你們班上很開心，我發現這片土地上，到處都有像你這樣聰明的男孩。」

我喃喃道謝，望著自己的腳，這時另一名男子走過來用力的跟王子握手。我看著群眾，發現大部分的人表情都很嚴肅。**感覺有點不太對勁**。

「我們不再需要什麼王子了。」人群中有個聲音說。

「回你的王國去吧，王子。人民再也不需要你了。」另一個聲音喊道。

「讓人民自己當家做主。」

「你們榨乾了人民的血汗……」

群眾喧鬧起來，開始往前推擠。鎮長起身抬著手，請大家冷靜，卻被吼聲淹沒。高大的男僕擋到王子前方，手扠著腰，他穿了一件長外套。**他有槍嗎？**其他委員此刻也站起來了。我緊張的環顧四周，發現我們後邊有條巷子。我可以聽到廣場另一頭傳來踏步聲與哨音。**是警察**。群眾這會兒真的拚命往前推擠了，王子的男僕把手伸到外套底下。

「等一等！」我大聲喊道，王子轉向我，要男僕別動手。

「怎麼了，比拉爾？」他問。

「我可以帶您離開這裡，別開槍打任何人。」我答說，一邊看著大個子男僕。

警方快要趕到了，再幾秒鐘，事態就會變得很醜惡。王子權衡情勢後站起來。

「好，年輕人，帶路吧，但我們不會用跑的。」他冷靜的說。

在男僕的掩護下，我們走入巷子裡，警察剛好抵達，引走了群眾的注意力。我快速走著，照父親教我的那樣，保持冷靜，然後等王子開口。

「我們欠你一份人情，比拉爾。穆克吉先生對我大力讚許貴府，以及他們如何振興這個市集。我還聽說令尊身體有恙，為此甚感遺憾。」王子說這話時直視我的眼睛，雖然我想看著他，卻辦不到，反而衝口說出閃過心中的第一個念頭。

「他快死了，我本來應該繼承祖業，可是父親無法陪在我身邊，傳授我該知道的事。」

「我很抱歉令尊即將不久人世，比拉爾，可是你還是能學到需要知道的事。」

「怎麼學？父親懂好多，比我認識的任何人都懂更多事。」

王子側眼看著我，然後笑了。

「我父親在我十五歲時驟然離世，我非常震驚——我們都是。父親的身體原本非常強壯，精力充沛，我以為他會長生不死，結果他就那樣走了，沒有道別，什麼都沒有。我在短短一周之內，從還在玩木頭玩具兵的孩子，變成了一國之君，而且還結了婚。

這下子輪到我看著他了。「那個星期，你一定很困惑。」我說。王子仰頭哈哈笑說：「困惑極啦！我只想玩我的木頭玩具兵，可是偏偏得治理國家，我好恨我的父親。」

我訝異的看著他。**恨？**

「我恨他離開我，恨他害我接手自己尚未準備承接的責任，恨他沒陪在身邊，教我為君之道。」

我並不恨我父親，我沒辦法恨他，怎麼樣都辦不到，可是他就要離我而去了，我比以前更需要他，但他即將不在了。

「您還恨您父親嗎？」我問。

「不恨，而且我發現，其實我從未真正恨過他。我學會了自己需要的技能，因為我必須要會，也因為我是他的兒子。」我們停下腳，王子轉身面對我。「你將來也會的——因為你必須會，因為你是他的兒子。」

我點點頭，勉強擠出虛弱的笑容。我們繼續前行，直至遠離市集廣場，找到一處能坐下來的陰涼凹室。王子派男僕取來一些冷飲。

「令尊聽起來似乎是位很棒的人，我很想見見他。你住這附近嗎？」

我的胃一揪，唰——的站起來，所有血液衝入我腦部，害我一個踉蹌。王子要我坐下，等我緩過氣。「比拉爾，怎麼了嗎？我提到令尊時，你的臉都白了。是怎麼回事？」

我等著眼前的金星退去，然後快速眨著眼睛。王子杵在我前方，表情擔心而困惑。

反正王子住在很遠的地方，他若知道了也沒關係，對吧？

接著我一五一十的都跟他說了，談到我的誓言、阻止別人去拜訪的辦法，以及自己絕不讓父親知道事實的決心。王子沉默了一會兒，拿手帕擦著額頭。我鼓起勇氣，直視他的眼神，可是他原本充滿力量與決心的眼中，此時竟噙著淚水。我火速別開頭，怕令他尷尬，同時在心裡罵自己是個大嘴巴的笨蛋。

「比拉爾，沒有人該承受這種負擔的。難道你不考慮，真相或許能令他平靜嗎？」

「不。」我堅決搖頭說。

他再次看著我，然後點點頭。

「真希望我能有你的勇氣，比拉爾。我還是很想見見令尊，不過你別擔心，我一定替你保密。」

我點點頭，男僕拿著冷飲走回來，然後我們便出發了。當我們繞過轉角，曼吉特、卓塔和薩利姆已經在那兒了，他們緊張的在我家門前遊蕩，顯然從屋頂瞧見我了。他們猜不出狀況，但無論如何，依然在這兒陪我。他們真是我的好哥兒們，我的心臟忍不住噗通的跳。王子對他們微笑，

「這幾位一定就是你的眼線了，比拉爾？我覺得是一群嚴肅認真的傢伙。」王子轉向我說：「我想單獨與令尊談話，請你信任我。」

我看看薩利姆，然後看著曼吉特和卓塔，再回頭緩緩對王子點頭。

「我相信您，王子。」說罷，我打開門。

* * *

王子從屋裡出來時，我們全都跟著站起來。我緊張的走向他，心臟敲得跟擂鼓一樣。

「他在發高燒，沒辦法談太久，但他的記憶真是驚人！如此博學與好奇，使他格外出眾——也使任何男孩顯得出眾。」他對我微笑說。「我

為他唱了一首小時候母親對我唱過的歌，歌詞涵蓋喜瑪拉雅山峰、達官貴人的飛黃騰達，和飛翔的雄鷹。我希望這首歌能帶給他片刻的平靜。他還談到你，比拉爾，也證實了我在這麼短的時間內所了解的你。我現在得走了，孩子，你令我想起幾項我本以為印度已經喪失的東西。」

王子把長劍交給他的手下，站到我們面前，優雅的躬身行禮，他的頭巾幾乎要觸到地面了。大夥兒不安的挪著腳，不確定該怎麼回應，可是曼吉特踏向前，彎身行禮，雖然沒那麼優雅，卻做得不錯。卓塔行禮時差點摔倒，但在薩利姆的扶助下站直了。王子和男僕看著我們，笑得極是燦爛。我眨著眼睛，拍下另一張照片──記下一名王子，在那條窄街裡鞠躬的奇特景象，以及四周飛旋的塵土。

14

我答應卓塔稍後在屋頂與他碰面，然後看看父親是否還醒著。幽暗的房間總是令我平靜，我抓過自己的凳子，擺到父親床邊。他看似睡著了，但我無法確定，便靠過去聆聽他的呼吸。

「哇！」他突然坐起來，嚇得我差點魂都飛了。「哈！嚇著你啦，有沒有？」

「有啦，老爸，別太興奮。」

「去！我受夠死氣沉沉了，比拉爾。我需要一些刺激讓心臟保持跳動。」

他斜眼瞄我，我嘆口氣，父親顯然有話想說，卻等著我開口。我笑了笑，雙臂疊到胸前，我知道接下來會怎麼樣。

「怎麼啦？」我咧嘴笑著問。

「怎麼了？」父親誇張的翻著白眼，然後雙臂在空中一揮。「查西康德王子來拜訪我，還為我唱一首蒼鷹高山的古曲，你還問我怎麼了？哈！」

我聳聳肩，把另一顆枕頭塞到他的後腦杓下方，用手背觸摸他的額頭，父親看到我皺著眉。

「別皺眉了，比拉爾。告訴我，你是在哪裡，還有你怎麼遇見王子的，還有，你究竟如何說服他來看我的？」

「好吧，如果你答應現在就乖乖吃藥，然後躺回去，我就跟你說。你知道你在發高燒吧？」

父親嘆口氣，示意我去拿藥，我快速跑去拿水讓他服藥。父親咕咚咕咚，很不情願的吞下藥。我確定讓他在怒目瞪我時，再吞一湯匙，可是接著父親明顯的放鬆下來，躺回一堆枕頭裡。父親很享受說故事的過程，幾乎跟他喜愛故事本身一樣，因此我好整以暇的使用所有他教我的技巧——做戲劇性的停頓，誇張某些動作，添油加醋的增添顏色、聲音和氣味。父親閉著眼睛，輕輕搖晃，嘴邊泛起一絲笑意。我說完故事，然後把杯子拿去再加點水。我不知道自己原來這麼口渴，我喝光了一整杯水，然後坐回去。父親掙扎著張開一雙睡眼，藥效來得好快。

「王子跟你說話了，你跟他說什麼？」父親問。

「就一般的事嘛，聊市集和我們。我好像有幾次提到爺爺，但沒說別的了。」

我開始在床邊打點，確保父親有蓋妥被子。他瞇著眼，但藥效發作了，就算他有任何疑慮，也很快消散了。父親閉起眼睛，呼吸開始變沉。

「他對你印象好極了，比拉爾，我看他八成想把你擄走，帶你到某個遙遠的王國裡工作。你會喜歡那樣嗎？」

我看著他的臉，然後站起來。

「你們就是在談這種事嗎？把送我走？」

父親微微睜開眼睛，然後拉下臉。「好了，你就別再皺眉頭了——沒必要再那樣。我們只是談談而已，他對你印象極好，我只是在想，你跟著他也許能過上好日子。」

房間在旋轉，我把持著讓自己站穩。**父親到底在想什麼？我才不會離開這裡。我怎麼能夠離開？**

「為什麼？我才不想跟任何人去任何地方，我這輩子都在這裡，我們就是這裡人，不是嗎？你、媽媽、哥哥和我。」

父親扭頭望著他牆上的書，往床裡一滑，將周邊的被子拉緊。

「我不是想送你走，比拉爾，他對你印象那麼好，我只是在想……或者我沒有仔細想。」父親悲傷的笑了笑，「那一刻我很難思考。」

我嘆著氣坐回凳子上。

「你知道爺爺老說你是先行而後三思嗎……」我笑他說。

父親扮了個鬼臉，假裝生氣。「你運氣好，我沒辦法動，要不然我早就彈你的耳朵了。」

我掀起被子，躺到他身邊，緊依著他的臂膀。父親撥開我臉上的頭髮，輕撫我的頭，然後我就睡著了。

15

我們很久沒打板球了，穆克吉先生每天至少被十個不同的男生提醒十遍，所以接下來的星期二，老師便宣布我們下午要打板球。組隊比賽時，課堂裡總會出現一堆字跡亂到沒法讀的紙條，四處傳遞，商討打擊順序，還有誰該上場投球。討論自然是十分激烈，紙條會越傳越密集，每次紙上都添加更多的辱罵與威脅，指說如果誰誰誰不投球，就會怎樣又怎樣之類的話。

曼吉特用手肘推我，塞了張薩利姆傳的紙條，上面寫道：**卓塔如何？**我咯咯笑著搖頭。薩利姆和我屢屢在同一時間想到同一件事，實在是太神奇了。我擔心卓塔在屋頂上耗費太多時間，雖然他似乎挺開心的。我們每天放學都去看他，帶食物給他吃，放他回去看家人。他卻固執的試圖說服大家，他家其實不會有人注意到他不在，但我們還是逼他離開。薩利姆轉身指指自己的胸口，默聲說：「我去。」我點頭回應，然後坐回去。反正薩利姆不喜歡打板球，可以趁沒人注意時開溜。

穆克吉先生抬手要大家安靜。他瞄了自己的懷錶一眼，然後笑了笑。

我們的小教室裡，掀起一陣巨大的歡呼。

「好啦，各位同學們，時間到了。我需要有人志願拿球棒和三柱門，我會帶球。」

二十隻手齊刷刷的舉向空中，穆克吉先生從前面挑了兩名同學，他似乎比平時更加緊張。我溜到薩利姆旁邊，用手肘推他。

「穆克吉先生看起來好像不太開心，薩利姆，你能猜中我在想什麼嗎？」

薩利姆看看我，然後搖搖頭。「除非你正在想我昨天藏在屋頂上的那顆熟芒果，我知道卓塔一定會找到把它嗑掉。」他臉一垮，皺起眉頭。

「我是說真的，薩利姆，我對這場板球賽有種不祥的預感。」

薩利姆笑了笑，但跟平常笑得不一樣。他眼中透著憂色，但很快掩飾掉了。他逗弄似的推推我，然後指著穆克吉先生。

「你愛杞人憂天，真的有夠像穆克吉先生，老是擔心接下來會發生什麼事。當下呢，比拉爾，咱們就即時行樂嘛，明天就留給……留給明天囉！」

我努力克制心中的不安，你很難看出薩利姆是不是在擔心、害怕，甚至是否有些緊張。他老是一副樂呵呵的樣子，而且總是維持冷靜，令我十分羨慕。

穆克吉先生雖極力要大家兩兩一排走出教室，但我們還是一大群人衝了出去。穆克吉先生跟在大夥後面，揮手大聲說著各種禮節，努力想維持我們的秩序。

全班吵吵鬧鬧，一路踢揚著塵土，來到定點，聲音與熙攘的市集聲混雜在一起。我看到旁迪切里先生坐在陰影中的桶子上抽菸斗，我找了一下穆克吉先生在何處，然後大步走過去跟他老人家打招呼。老先生抬起頭笑了笑。

「啊，比拉爾。你好啊，孩子？」

我兩手往空中一舉，不可置信的搖搖頭。

「你是怎麼辦到的，旁迪切里先生？」我問，然後聞一聞自己的襯衫。「是我身上的氣味嗎？」

旁迪切里先生仰起頭，發出長串帶著喘息的高笑。

「我不能把自己的祕密全告訴你，對吧？你們又來打板球啦？」

「這是作為我們表現很乖的獎勵。」我把石子往牆上踢，然後踩在腳下滑來滑去。

「別再折騰那顆石子了，比拉爾。」

我抬眼看他，然後皺皺眉。旁迪切里先生用一對盲眼望著我，我繼續用腳趾推石子。看著他感覺好怪，因為我知道老人瞎了，他的世界一片漆黑，但我從不覺得他看不到。其實他看得比任何人透澈。我低頭望著地上那顆長得參差不齊的石子，悶悶不樂的想著，有些事其實也不值得看。

「我可以感覺到你的不安，比拉爾。」

他為什麼總是知道我的感受？

「比拉爾，你得把心事說出來，承受那樣的重擔並不好，孩子。你稍後來找老旁迪切里，我給你說個故事，看能否讓你心情好一些。」

「我會很快回來，而且會很小心。」

現在輪到旁迪切里先生皺眉頭了。

「麻煩你告訴我，你要小心什麼？」

我彎下腰，撿起石子，握緊在手裡。尖利的石子刺入我的肉裡。

「別惹麻煩啊，還能有什麼？」

16

這是一天當中，最熱的時段，市集廣場邊的操場幾乎沒有人，只有少數神經病和預言師還坐在大太陽底下自言自語。當我問父親，瘋子和預言師到底有何不同時，他的回答竟跟謎語一樣。「許多人覺得沒什麼不同。」想到這裡，我搖搖頭，父親總有辦法維持神祕，對任何事物從不給我直接的答案。

塵土飛揚的操場周邊，市集依舊嘈雜忙亂。對辛苦做生意、來來回回搬運貨物的商販而言，板球賽往往是個很好的喘息機會，但我立即注意到一件事。空氣中瀰漫著一種我從未感受到的火爆氣氛，我定定站著，掃視四周的商攤，眾多攤販、顏色與氣味一下子撲了過來，逼得我猛眨眼睛。我擋去陽光，調整視線，聚焦幾位立即認出的熟悉攤販。阿南站在水果攤旁，看著自己的貨品。我眨眨眼，確定沒有眼花。**阿南從來不會站著**。他老是抱怨膝蓋痛，還準備了一張凳子來支撐他的胖大身體。相隔幾個攤販的桑胡坐在陰影深處，顧著自己的香料和種籽。我僅認出他的紅頭巾，在他小店的深窄門口中，看起來殷紅如血。桑胡腳邊擺了一根長著節瘤的長棍。**桑胡從來不坐著**，他向來四處兜繞，逗那些經過他攤位的人發笑，而且我從沒見過他拿棍子。我的胃陣陣抽痛，逼得我咬緊牙關。我望向我們的暴民，看到穆克吉先生仍極力想組成兩支隊伍。

薩利姆走過來，「照這種速度，我們能在太陽下山前比賽就算運氣了。」他看到我的臉，停頓下來。「怎麼了，比拉爾？發生什麼事了？」

「沒發生什麼事，還沒有。難道你感覺不出來嗎？這裡氣氛不一樣了——阿南站著，而桑胡竟然坐著！全反了。」

薩利姆皺起眉頭從我旁邊走過，「好好玩球去吧，我去找卓塔叫他過來，希望那個小賊頭沒嗑掉我的芒果。」

薩利姆離開了，一分鐘後，卓塔咯咯笑得跟瘋子一樣的從我身邊走過。我回頭看到薩利姆在屋頂上提著嗓門開罵。

「我吃掉他的芒果了。走吧，趁他還沒對我扔石頭前！」

我朝薩利姆揮揮手，然後跟著卓塔迎向午后的太陽跑去，加入比賽。曼吉特站在邊界線，咧著嘴笑。即使沒戴上讓他高了幾英寸的頭巾，曼吉特還是我們班上最高的男生。我從沒見瘦長的曼吉特穿上合身的襯衫或褲子，他母親老是抱怨幫他做的衣服只能合身一天，第二天早上就又變得太小了。陽光在他橘色的頭巾上反射，曼吉特再次擊出高飛球，掠過我們頭頂。贏賽的關鍵之一，就是把曼吉特拉到自己的隊裡，因為他只要站到三柱門前面，你就無法繞過他或隔著他看到球了。

經過反覆爭論、小吵數回，最後加上穆克吉先生的一頓痛斥後，場地終於搞定了，穆克吉先生連罵帶哄的叫兩隊開始賽球。我看到蘇瑞吉站到離我幾英尺的地方，吮著一顆芒果。**他身上老是帶食物**。發現我在看他後，蘇瑞吉看過來，遞給我一小片他正在吃的芒果。我抬手表示不必，卻聽到球棒擊中球的揮擊聲。我火速轉向邊界線，想看到球的位置，發現球被擊往相反方向時，鬆了口氣。我再度望向蘇瑞吉，發現他已經坐下來，這會兒正慢慢剝著一根香蕉。

我站在操場離市場較近的那一側，可以聽見攤販們的部分交談。雖然我僅聽到片段，但他們說話的語氣令我十分不安。那感覺苦苦的，就像吃到味道極酸的壞掉的芒果，但你以為是甜的，所以已經咬下去了。許多人臉上的表情就像剛吃到苦芒果似的，明顯露出了焦慮與緊張。有幾個人來回挪腳，有一兩人作勢準備要衝的樣子。曼吉特朝我左邊遠處揮出另一顆球，我藉機再次轉身，看著市集。我發現人們成群結隊的站著，雖然有人四處走動，但任何了解市場的人都看得出來，人們會成群站著，表示某種意義。

我轉身走向左手邊的穆克吉先生，他也站在操場邊緣附近，挺直身子，看曼吉特準備迎接另一記球。我甩頭拋開雜念，努力專注球賽。下一個要面對曼吉特的是維克什，他是少數幾個真正能投球的人。唯一的問題是，維克什常以為這是國際試賽，而不是在灰撲撲的操場上的友誼賽。他會仔細考量投球方式，以最嚴謹的態度計算每個步子。維克什準備好後，會舔舔食指，測試風向，然後才對穆克吉先生點點頭，讓他知道自己準備好了。維克什的第一記快速球差點打翻曼吉特的頭巾，他抬手喃喃表示道歉。「不好意思，我還在找球感。」

曼吉特調整微歪的頭巾，怒目瞪著維克什，然後握住球棒，憤憤的用球棒底端重重敲擊地面。下一球較為合理，也慢多了，曼吉特及時擊出，球高高的飛過我們頭頂，落進球場外的一條巷子裡。卓塔奔去接球，衝進一群男生中，然後遁失在巷子內。比賽暫時停止，因為至少有十個人開始尋找另一顆球，包括穆克吉先生在內。

我知道找球得耗很久的時間，便走到操場遮陰處，坐在倒放的板條箱上，伸長脖子往我們家屋頂張望，想看到薩利姆，可是太陽害我無法看清，我只好回頭看著市集。等眼睛適應陽光後，我看到有一小群人離開市場邊緣，很快的走向另一群聚在阿南攤位附近的人。我站起身想看得更清楚，但四周人太多了，我看不到發生的狀況。我繞過操場邊緣，朝那兩群人移動。就在我走向市場入口時，橫空殺出一根棍子，阻去了我的路。我猛然止住，訝異的退後一步。旁迪切里先生坐在他的破桶子上，用一雙看不見的眼睛望著我——或者說，沒望著我。

「旁迪切里先生，我剛才沒瞧見您的杖子。」被枴杖攔住的我結結巴巴的說。

旁迪切里先生搖搖頭，微微顫顫的站起來。

「那是因為你決定進去，枴杖才會出現，比拉爾。不是叫你別惹麻煩嗎？你怎麼反而對著麻煩直奔而去？」

我伸著脖子望向群眾，然後回頭看看旁迪切里先生，嘆口氣。對老人撒謊是沒有用的——他神奇的第六感，一下子就能嗅出我在說謊了。

「我只是好奇而已。」我聳聳肩說。

旁迪切里先生重重的倚到我肩上，回嘆道。

「你就跟你老爸一個樣子。你幹麼這麼毛躁？」

我爬上桶子，看著兩群人匯聚之處，他們似乎正在爭執。我為旁迪切里先生描述狀況，他瞭然的點點頭。

「最近那兩幫人經常吵架，全是一群憤青，在黑幽幽的巷裡偷偷壯大，然後在這裡集結，公然與人衝突。你老哥就跟其中一幫人在一起，不是嗎？」

我苦著臉點點頭，然後支吾的虛應著。我的眼角餘光瞄到旁迪切里先生正在瞪我，便跳下桶子站到他面前。老先生面對我，用手指戳我。

「我不是在批評哪，孩子，這是個混亂的時代，你哥哥一向魯莽衝動。」他拖著步子走回桶子坐下，將歪扭的杖子放到大腿上。「現在還只是嘴上吵吵而已，咱們最好祈禱事情能停留在這種狀態——至少在這個地方如此。你父親還好嗎？」

「沒事，他很好，我會跟他轉達您的問候。」

旁迪切里先生對我低吼說：「哈！休想騙旁迪切里老頭，孩子。你回去打球吧，然後快點來見我老人家。」

我再次扭著脖子探看市集的狀況，結果差點撞到穆克吉先生，他發現我在跟老旁迪切里說話，便走過來看我在幹什麼。

「比拉爾，你在做什麼？」

「沒什麼，老師，我只是四處走走，旁迪切里先生把我叫過去。」

穆克吉先生交疊著手，挑起一對眉毛。

「哦，他怎麼會知道他叫的人是你？」

我在心裡咒罵，但表面上不動聲色。

「呃，其實他並沒有喊我，只是聽到腳步聲，便出聲喊人了。我想他大概心情不好吧，便走過去看看他是否還好。」

穆克吉先生鬆開手，撇撇嘴嘆口氣，攬住我的肩，送我走回操場。他們找到球了，比賽似乎持續進行著。卓塔果然還是沒出現。穆克吉先生的大步子很難追得上，為了跟上他，我在一旁跟著小跑，他喃喃自語的看看自己的懷錶。這是我離他的懷錶最近的一次，看到如此精美的錶，我倒抽了一口氣。雕刻的銀框鑲住雪白的錶面、粗短的羅馬數字，以及計時的精美時針和分針。穆克吉先生看到我盯著他的錶，便很快把錶塞回背心口袋裡。

「你最近舉止怪怪的，比拉爾，你跟你那群朋友都是。這事咱們得好好談一談，因為我覺得你有心事，那讓我很擔心。」

「我沒事的，老師。」我直視他的眼睛說。

「反正我們得談一談，而且要早。」我知道穆克吉先生是認真的，因為他挑著右眉，一邊搖頭。

維克什已經準備投球了，穆克吉先生示意要他繼續。由於無法用快球壓制曼吉特，或投球把他的頭打爆，維克什投出一顆速度慢許多的球，引誘曼吉特用力揮棒，曼吉特及時出擊，球高高的飛入空中，直接落入賈塔爾手裡。

「出局！」維克什尖聲大喊，開始跟苦行僧一樣的打轉慶祝。

曼吉特用痛惡自己的表情，拖著步子離開球道，就在這時，卓塔匆匆出現在我身後了。

「你跑哪兒去了，卓塔？」我用手肘推著他問。

他咧嘴單手掏出一顆球，另一手拿著一顆石榴。

「球彈到屋頂上了，我只得爬上那棟房子的側邊，可是有個女生在窗子後面看到我，尖叫著要她哥哥出來抓我。她哥又胖又慢，連頭懶牛都逮不到！」卓塔洋洋得意的拿出一把小刀，把石榴對切成兩半。「噢，還有，我從阿南的攤子上偷了這個，那邊人好多，沒人注意到我，想拿什麼都成，比拉爾。可是這回我很乖。」

我疊著手，不可思議的看著他。卓塔長得矮小輕瘦，但絕非無助的弱雞。他的白襯衫長及膝蓋，一條黑褲破破爛爛的，後邊還掉了個口袋。他用小刀挑出石榴籽，用他那張圓圓的臉狼吞虎嚥的吃著石榴，最後才發現我還皺著眉頭，站在他面前。

卓塔聳聳肩，給了我一把石榴籽，說道：「你那種表情，看起來就跟穆克吉先生一樣。」

我不安的鬆開手，想敲他的頭，可是卓塔已經吹著口哨離開，像個歸來的英雄般，一手緊抓著球，高高的舉起。接著他隆重的宣布說，他為所有人帶了石榴，接著我看他從口袋裡掏出五顆石榴！

等所有石榴都被嗑光後，板球賽才又開打，我發現氣氛變得較輕鬆了。有些攤販跑來觀賽，太陽開始西沉，我們有了一小批觀眾。維克什——在僅有少許，或根本沒有幫忙的情況下——解決掉曼吉特隊上大部分的球員，現在輪到我方打擊了。維克什和賈塔爾兩人都已迫不及待，他們有如兩名國際板球明星似的走向邊界線，像風車般掄著手，並假裝做出擋擊與斜方抽擊的準備動作。一小群觀眾頗欣賞他們的自信，在掌聲中送他們上場，我鬆了一大口氣，覺得氣氛正常多了。太陽低垂在屋頂上，操場變成了人們過來聊天放鬆的遮陰處。

我抓起球棒，跟著試揮了幾下。我們隊上的人好笑的看著，暗笑我笨拙的動作。我哈哈笑著放下球棒，心想，卓塔這會兒到底跑哪兒去了。我的板球打得爛透了，但我並不在乎，即使我的打擊墊底，也沒有人會期望我能撐過幾顆球。我從來學不會在球彈起之前揮棒。曼吉特好幾次試圖跟我解釋，準備動作即一切，但我實在有聽沒有懂。我知道自己想怎麼打，甚至能想像得出來，可是等我想完，球也從我身邊飛過了，留下充滿挫折的我。我想，本人所住的世界，跟我擅長板球的那個世界顯然不在一個次元上。

維克什和賈塔爾正在為群眾賣力演出，慢慢擊潰曼吉特所組的隊伍。

我站起來想把球道看得更清楚時，突然感覺有兩隻手遮住我眼睛，便笑了。

「薩利姆，我從一英里外就能聞到你那雙臭手啦。」

薩利姆玩鬧的推我一把，然後坐到其他隊員旁邊，揮手要我跟過去。我們默默坐了幾分鐘，聆聽每次維克什或賈塔爾再次揮中的擊球聲。我的眼角瞥見曼吉特在暖身，不知他是否還在氣維克什想把他的頭打爆的事。薩利姆坐在我旁邊，一邊削木塊一邊看球賽。他那種心滿意足的樣子感染力極強，總能使我心安。他們都是——曼吉特跟卓塔也是——不受外界干擾的過著自己的日子，或樂天的忽略周遭的世界。也許那樣說並不公平——他們只是選擇不去憂國憂民罷了，不像我總想掌控一切，思慮再三。他們對於質疑背後的真相、籌擬對策以未雨綢繆，以及總是防範未然，並不感興趣。

曼吉特已經上場投球了，賈塔爾和維克什在投球輪數間隔中，稍事討論後，擬出了策略——對曼吉特進行擋擊（譯注：block，將球板放置在三柱門之前防止球擊中三柱門），然後對所有其他人進行打擊。曼吉特像自帶雨季的瘋子，奔到邊界線，他在助跑時，頭巾宛若一團火。漸聚的群眾對打擊者曼吉特所採取的戰術及旺盛的精力讚賞不已。薩利姆伸展腿，看著我笑說：

「比賽好精采，不是嗎？根本就是為了讓你和我贏球而設的嘛。」

其他隊員聽到薩利姆這番厚臉皮的話，都哈哈大笑，當賈塔爾再次擊出漂亮的一球時，大夥跟著鼓掌。

「卓塔回到屋頂上了嗎？看來你並沒把他宰掉囉？」

「沒，那賊小子偷偷溜到我身後，我們倆打成一團，那傢伙挺壯的，最後我終於擊倒他，他竟然拿出一袋石榴！算是將功抵罪，饒了他吃掉芒果的事。」

「一袋！他跟我說他只偷了一顆，那個小騙子！」

薩利姆斜眼看我，微笑著拿出另一顆石榴。他拿刀子往褲子上抹，開始把石榴切成小塊。

那我算什麼？拿水果的事說謊是一碼事，對老爸遮瞞真實世界的現況又是另一碼事。我是謊話王子，卓塔至少知道何時該停手，而我卻似乎越來越擅於撒謊，直到有一天，我再也分不清真實與謊言了。我曲起膝蓋，試圖擺脫這些思緒。

曼吉特拿球對賈塔爾展開整整十分鐘的強攻豪打後，投出一顆慢球。賈塔爾大幅一揮，謝天謝地的將骯髒的白球掃入瑪奈許的手裡。賈塔爾拖著步子慢慢走下塵埃飛揚的球場，但觀眾的零星掌聲，又令他精神振奮起來。十五分鐘後，我們這一隊大部分都遭到投殺了。薩利姆是下一位打擊者，從遠處看他暖身，像是在揮板球棒，但近了看，倒像屠夫拿切肉刀砍肉。薩利姆自信滿滿的走向球道，對我微笑揮手。

「小心別讓你的頭給打爆了。」我笑喊說。

「蛤？不會啦！你看著吧，比拉爾。」他回喊道。

「揮棒就對啦，薩利姆，閉起眼睛然後揮棒！」賈塔爾大聲說。

薩利姆不急不徐的站到邊界線，曼吉特已完成他這一輪的投球，換羅科徐上場了。薩利姆等一切都合乎他的心意，但其他人已經等到跳腳時，才終於示意繼續賽球。就在羅科徐正要投出第一球時，薩利姆從邊界線站開，搖搖頭。

「現在又怎麼了？」穆克吉先生問。

「太陽會刺到我的眼睛，老師。」

穆克吉先生抬起眼，嘆口氣。

「太陽明明在你後方。薩利姆，快打吧，行嗎？我們都想在今天趕回家，也許還來得及吃晚飯。快打！」說罷穆克吉先生揮手要羅科徐投球。

第一顆球向薩利姆飛快投來，薩利姆無法以球棒截住球，結果硬是用屁股把球攔住了。看到薩利姆揉著屁股，我們全隊都笑翻了。穆克吉先生也在笑，另一隊的人則抱怨薩利姆故意擋住三柱門，可是穆克吉先生不理會他們的投訴，示意比賽繼續。薩利姆揮著棒子，接下來四球接連都沒打中。羅科徐最後一球的速度緩慢了許多，薩利姆向前踏出一步，站穩步子，閉上眼睛，拚盡全力揮棒。球高高飛出去，越過我們的頭頂，直射向市集。大夥發出歡呼高笑，薩利姆高舉球棒，他這一擊，比以往最棒的得分數多了三倍！

可是情況好像不太對勁。我繞過操場，看到穆克吉先生走向離我們最近的市場攤販，他走過去跟阿南說話時，我就在他後邊幾步的地方。

「阿南，我們的球在你手上嗎？」穆克吉先生問。

「沒有，不過球在那隻蠢豬手裡。」阿南大聲答道。

「你剛才罵我什麼來著？你這隻臭狗？你再說一遍，把話講清楚。」伊姆堤茲怒氣衝天的說。

「我剛剛就說得很清楚了——還是你耳朵塞了泥巴？」

穆克吉先生抬起雙手，走向伊姆堤茲。

「這位先生，我們只是想把球要回來，你看見球跑哪兒了嗎？」

「你們的球差點打瞎我的眼睛，老師。你能不能帶你那幫學生到別的地方去？」阿南說。

「如果只是打瞎一隻眼睛還好，至少你還可能看出自己的水果太爛，沒臉拿出來賣。」另一個攤販的伊卡柏插話說。

阿南站起來，走到小片的空地上，「哼，你只敢躲在你那些臭香料後頭講大話，伊卡柏，你何不到這裡，像個男子漢，當著我的面說？」

「如果我看到面前站的是一名男子漢，我自然會那麼做。」伊卡柏譏諷說。

氣氛越來越僵了，穆克吉先生來回看著他們，抬起手請雙方冷靜。

「拜託，各位，沒有必要這樣子。」

阿南把炮口指向穆克吉先生，用手指戳他說：「別讓球飛到這裡啦。」

「別責怪孩子們——他們只是在玩而已。」

「怎麼回事，阿南？」

我看到全班慢慢往市集移動，原本的叫囂變成了對陣罵街，阿南和伊姆提茲站在中央，相互飆幹，雙方的朋友和家人則從各自的角落助陣。穆克吉先生杵在中間，極力想排解紛爭，可是雙方的辱罵越演越烈。

「你們這些穆斯林以為這地方是你們家的啊……」

「聞到了沒？你們這些人把這裡搞得臭死了。」

「印度教徒老愛管閒事。」

「你竟敢……」

我們班站在那裡聽雙方你來我往的越吵越火爆，我擠到前方，扯著穆克吉先生的袖子。

「他們根本沒在聽，老師。」我小聲說。

「是啊，他們都不聽。」他難過答道，「走吧，咱們走。」穆克吉先生開始把大家趕離市集。

我走在後方，抓住薩利姆的肩頭，他疑惑的看著我。

「等一等，我想看。」我說。

薩利姆嘟起嘴，「為什麼？比拉爾？」他悄聲問。

我轉身看到一群人鐵著臉，薩利姆拉著我的袖子，逼我別再看那群往前走的印度教暴民。

「比拉爾，聽我說……」薩利姆悄聲說。

一群穆斯林從我們右邊很快逼近，兩群人在市場中央，爭執最激烈的地方聚合。

「那是你哥哥嗎？」薩利姆指著人群問。

「不知道，我什麼都看不清。」我極目而望的說。

雙方暴民踢起漫天塵土，市場中央那幫人這時終於意識到旁邊的腳步聲了。中央的人群開始從我們眼前散去，就像他們聚集時一樣的迅速，等塵埃落定後，大部分攤販已消失不見了，少數幾個還站在場子中央的，在左右張望一番後，選擇一邊人馬靠過去。就那樣，很容易選擇，不是這邊就是那邊，要不就是俗辣。

「他們有棍子，比拉爾，我們得離開這裡——馬上就走。」薩利姆嘶聲說。

我目不轉睛的看著眼前的景象，其中一幫人裡揚起一聲高呼，兩方人馬立即朝對方逼近。塵土旋飛，我極力想弄清情勢。我站在那兒觀看，只見粗劈的竹棍狠狠揮下，穿過踢起的塵土，砍穿纏布，擊中露出的頭顱，發出劈雷般的響聲。我看著那名男子踉蹌搖擺，便踏前一步，卻被薩利姆拉了回去。男子按住血流不止的頭，朝我們晃過來。他看到我們，瞠大了眼睛，然後張嘴無聲的說著，面部朝地的重重倒在我們面前了。我甩開薩利姆，蹲下去將男子翻過身。我們驚駭的看著他的身體抽搐幾下，嘴巴歪斜成恐怖的形狀，然後終於不再動彈了。薩利姆再次抓住我，將我拉起來。男子死不瞑目的瞪著天空，我們轉身倉惶逃離。

17

「這張圖片裡面少了什麼？」這是穆克吉先生最愛問的問題之一。他能創造一個所有人都能懂的情況，讓我們去思考，並提供縝密的回應。「不許用猜的，」他會說，「要好好的想。」

我坐在自己的小床上，聆聽父親的呼吸，思索自己的生活圖像裡漏掉了什麼。父親大聲咳嗽，肺裡咻咻的喘。每記咳嗽都在屋裡迴盪，從每一面牆上彈回來，敲擊我的耳鼓，最後我只得掩住耳朵。

好多東西都不見了，我們那幸福快樂的家呢？我拿起父親一向擱在床邊的金盒子，裡面放了一張媽媽微笑的照片——那是除了書本之外，我們唯一的家傳物。母親去世時，我才八歲，但我仍記得媽媽的一些事情。她的頭髮總是飄著玫瑰水的香味，而且週五都會穿白色紗麗。（譯注：saree，印度婦女傳統服飾）

＊　＊　＊

八歲時，我以為死亡是一種天大的惡作劇，覺得最後會有人推推我說：「你著我們的道了，對不對，比拉爾？事實上她並沒有死，你盯著那道門，她隨時都會從門口走進來。」

記得母親去世後，有很多人到我們家探望，有時還送食物來，不過他們大部分只是默默坐著或禱告。薩利姆和我會在外頭玩，我常跑進安靜的房間裡，但會被父親攔下來，輕輕抱起我，把我放到外頭，陪我站上一會兒。那是我這輩子，唯一覺得父親似乎不想待在他深愛的家中的時段。每天晚上，等薩利姆回家後，我便抱著一本舊百科全書，坐到門外，看著美洲虎的照片或古老的拉賈斯坦王國（譯注：Rajasthan，位於印度西北，與巴基斯坦相接壤），父親以前曾去過那裡。

這時我會隱約聽到那些坐在屋前的女人低聲交談。有時她們會禱告，有時為整條街的人煮食。人們說，媽媽的死是命運，是她的命數。我聽到「命運」這個詞好多遍，因此開始感到好奇。我聽說過瘧疾，薩利姆得過一次，發高燒到整整兩個星期沒法子出門玩，但我從沒聽說過這種叫「命運」的疾病。我決心查清楚那是什麼東西，先從我們家牆上的百科全書查起。我快速翻過幾本自然歷史百科全書，但一無所獲，我又去查找父親蒐集的厚重醫學書籍，可是依舊找不到任何資料，我決定去問醫生，這個神祕的疾病究竟是什麼。記得當時醫生前來慰唁，離開時，我跟著他走出門，拉拉他的衣袖。

「『命運』是什麼疾病？」我問。

醫生緊閉嘴脣，單膝跪了下來。

「你為什麼覺得那是一種病，比拉爾？」

記得我看著醫生，好像他瘋了似的，然後我抬起雙手。

「每個人都這麼說的呀，媽媽就是這樣死的，不是嗎？問題是，我查遍所有書本，都找不到跟這種疾病相關的資料，可是爸爸總說，他牆上那些書，沒有什麼問題回答不了。」

醫生突然露出倦容嘆道，「你真的跟你父親一樣，天生好奇心重。」他扣住我的頸背，將我拉近。「比拉爾，命運不是一種病，你媽媽也並非死於命運。」

聽到這裡，我真的非常困惑，我誇張的舉起雙手，鼓著腮幫子問。

「那他們幹麼一直說是命運的關係？」

「比拉爾，命運是一種很吊詭的議題，而且很難解釋。就算我成功的為你做了解釋，我想你也很難對那種答案滿意。」

記得我當時拉著臉，覺得醫生的答案太沒道理，跟其他任何事情一樣令人難以滿意。

醫生看著我，模仿我惱怒的表情，然後聳聳肩。

「你就像隻咬著骨頭，死都不肯放的小狗一樣。」他喃喃說，「你要不要喝點拉西，消暑一下？」

＊　＊　＊

雖然那已經是很久以前的事了，我仍記得當時對得到的答案很不滿意，但那天很熱，來杯清涼的拉西，實在令人難以拒絕。

一陣劇咳將我從回憶中拉回當下，我聽到父親翻身，便走過去幫他備藥。父親一定是聽到搗藥聲了，我把拉加瓦羅給我的藥搗成白粉，父親沙啞的喊著我。我送了杯涼水給他，看他慢慢啜飲。

「你在家裡做什麼？今天不是該上學嗎？」他眨著惺忪的睡眼問。

我小心翼翼的看著他，把杯子拿走。

「今天是星期六，父親，我不用上學。」

父親有些困惑，而且還沒睡醒。我正在幫他備藥時，他坐起來，盯著我瞧。

「比拉爾，如果是週六的話，我們得去掃你母親的墓。」

我把藥送去給他，溫柔的催他坐回去，讓他喝藥。

「父親，您要怎麼爬上去？沿著斷崖的那一段路那麼陡。」

父親坐妥後，抓住我的衣袖將我拉近。

「那麼就得你去了，把你的近況告訴媽媽，跟她說說學校和市集的事。」

「好啦，好，父親，我會去的，您快躺下吧。」

「還有，跟她說我很好，沒事，沒什麼好擔心。」

「我也會跟她說的，您知道我會。」我靜靜表示。

「然後告訴她……告訴她……」

18

每個週六市場打烊後，我們會包一些食物，去媽媽的墳地。媽媽去世時，父親堅決將她葬在特殊的地點。當時鎮上至少有十個不同的人來拜託父親，試圖說服他跟所有其他人一樣，按照傳統與宗教，安葬媽媽的遺體。父親只是一逕兒的說：「她跟其他人都不同。」

父親說他們年輕時，在我出生前，他和媽媽喜歡找不同的地點野餐，媽媽最愛的地方，是一棵巨大的榕樹下。榕樹長在鎮上幾英里外的陡峭懸崖邊，父親解釋說，榕樹是小鎮多年前的舊址，大榕樹見證了當時村子裡所有的重大決定。當年我的玄曾祖父發現，我們村子有成為附近村莊中心點的潛質，便說服村中的長老、市集商販及村民，由於村子逐漸發展成小鎮了，因此需要搬遷。村民在榕樹下經過大量討論後，決定搬遷到更大的地區。他們把能帶的一切都帶走了，只留下無法遷移的榕樹。

父親和我會坐在那兒，伴著西沉的太陽與媽媽說話，等一陣子之後，我便留下父親獨自跟媽媽說話，自己跑到大樹另一側，爬到我最喜歡的制高點，俯望整座集鎮。父親說，我五歲時繞著樹走了半天，然後朝著二話不說便爬到樹上、盪在枝子上險象環生的哥哥揮手。我指哥哥的方向說，我就是想上那個地方。媽媽雖極力反對，但父親說服她說，他會揹著我爬上樹。

「抓緊了，比拉爾。」父親說著便慢慢爬到樹枝的彎凹處。我們得意洋洋的坐在樹梢——父親因為我們都上去了而高興，我則是因為能居高臨下的坐在父親大腿上，面對一片美景而興奮不已。媽媽倒不怎麼開心，記得她穿著翠綠色的紗麗站在樹底下，不安的催我們快下來。那是我對我們全家的第一個記憶，雖然有時我懷疑那是否真的是自己的記憶，抑或只是父親告訴我而得來的。我走向懸崖時，覺得都無所謂了，反正我很高興有那麼件事。

多年過去，人們在崖邊闢出一條捷徑，可通往東邊幾英里外的另一座村子。雨季期間的雨水，往往使小徑變得格外凶險。我往山崖上走去，希望路面夠乾爽，可以攀爬。我將毯子纏在腰間，捲起褲管。通往懸崖的小路雖然夠乾燥，可是我一來到攀爬的起點，便感覺腳下打滑。我小心翼翼的踩著步子，才爬到四分之一，便覺腳底下土石鬆動，我突然一滑，從碎石、泥土和矮叢間往崖下滾落，最後重重摔在地上。

我摘掉頭髮上的幾片葉子，站起來拍掉身上的灰塵。腰上的毯子都快鬆落了，我把它改纏到右肩上，繞過左邊腋下，在胸口打了個雙結。我咬牙再次往山崖上攀爬，這次雙手並用，像猴子爬樹似的抓得牢牢實實。爬到半途，泥地依舊持續在腳下滑動。有顆鬆脫的石頭威脅著要將我趕回崖底，我用盡渾身每個部位緊緊攀住。我停下來一會兒，望向身後，僅看到一片朦朧的黑。我臂膀酸楚，雙腿往上推蹬，用手攀住前方。我感覺右腿一滑，七手八腳的往前爬，拚命抓緊懸崖。我抬起頭，及時看到一顆巨石朝我滾落。我避開石頭，手一鬆，隨著紛落的碎石一起往崖下滑，跟著大石一起朝崖底的終點線滾落。

我仰躺著抬望蒼白的天空，巨石就停在我旁邊幾英尺的地方。**好蒼白啊**，我心想，**一切看起來都那麼的蒼白**。我蹣跚起身，走向巨石。用手拍了拍，以指尖感受冰涼的石頭。看到這顆石頭，我就火冒三丈，我靠在石上，臉頰緊貼著石面，用肩膀去推它。可是我推不動，連一英寸都動不了。我頹然放棄，背靠著石頭坐下來，曲起雙膝。

我辦不到。我看著手上的裂傷和膝上的擦傷，站起來打算返回鎮上。**這就完了？放棄啦？這就是我的命運嗎？當一個失敗者？**

我綁緊胸口上的結，確保玫瑰水瓶依然完好，再次朝小徑走去。我咬緊牙關，很快找到攀爬點，順著小徑往上爬。每次爬動，石子和碎片還是會落下來，但我緊緊攀附懸崖，雙手手指曲成小鉤，兩腿一吋吋的往山頂挪移。我抓住長草，用腳把自己往上撐。落石揚起許多灰塵，使我很難看得清楚。當我眨著眼，想眨掉灰塵時，卻抬眼看到另一顆巨石朝我砸過來──這回我不可能及時避開了。我看著巨石朝我加速滾來，只好閉起眼睛，在心中想著父親的模樣。我聽到一記尖嘯，接著頭頂空氣咻──的一涼，我張開眼，看到巨石落在我底下。石頭從我頭上彈過去啦！我又去找攀附點，繼續往上爬。

來到山巔後，身體一撐，仰躺著大口喘氣，看著懸崖邊緣，縱聲大笑，對世界大喊：

「這一定就是命！」

19

我選了一塊離大榕樹有點距離的平坦石頭，小心翼翼的坐下來。鎮上的耆老說，這樹至少有兩百年了。從這個距離看去，樹幹就像有好幾幫人，肩並肩，臂膀交纏的緊緊站在一起。我仰著頭，來回循著每根樹枝，然後回到地面，我試圖找出大樹的起源與終結，卻根本找不出來。大樹盤根錯節，向外拓展，層層相疊的樹枝向上伸張成一大片遮蔭。媽媽向來認為大榕樹是棵母樹。「只有女人才會如此美麗而堅強。」她說。父親笑了笑，同意她的看法。此刻在將逝的天光中看著大樹，我似乎能夠理解媽媽的意思了。

媽媽去世不久後，我們照例在週六市集打烊後來到這裡，父親解釋說，母樹的根會生出其他根鬚，把根紮進地裡，再往外生長，直到最後新的根將母樹遮沒。

「那母樹會怎樣？」我當時問。

「她已完成了自己的任務，現在則心滿意足的看著她的孩子們成長。」

「但現在看不見她了呀。」

「也未必看不見，只是藏起來罷了。」父親回答。

「就像媽媽嗎？」

「是的，就像媽媽。」

我搖搖頭，心想，**有時我專問些蠢問題**。真希望父親此時能陪著我。

我繞到樹的另一側──媽媽的埋葬地。

許多年前，父親設了兩塊平坦的石頭供我們歇坐。我選了離墳地較近的那一塊，把毯子鋪上去。我望著大榕樹，開始說話。

「媽，我今天是來告訴妳，我是個撒謊鬼，一個騙子，可是我並不後悔說謊。我知道妳若跟我們在一起，就一定能夠理解，我知道的。妳也曉得老爸那個人是什麼樣子。我知道妳會了解，但我還是覺得……不知道……我現在還能有什麼其他選擇？難道我是唯一一個看出一切都變了的人嗎？每個人都假裝沒事，假裝事情終會過去。可是還記得妳跟我說過，雨季是一視同仁的嗎？不管是富人或窮人、好人或壞人，對雨季來說全是平等的。然而我們卻還假裝沒事的繼續過正常日子！我們去上學，市場攤販開市又打烊，大夥打板球，大聲歡笑。雨季卻在這段期間裡悄悄匯聚，我們全是騙子，媽媽，我們都是大騙子，我雖然撒謊，卻不是唯一的一個。」

我覺得底下的石頭坐起來不太舒服，便起身伸展雙腿，走向大榕樹。我穿過去，繞過許多大樹的枝子，看到大樹中心有個小樹岔，便在這個看起來有點像座椅的地方坐下來。

「媽，這是個正當的謊言嗎？老爸總告訴我，一定要堅持自己的原則，而不是按別人的標準去過日子……」

我坐在大榕樹的中心，望著從四周長出來的大批枝幹。我閉上眼睛，用雙手觸摸粗糙的樹皮，每條根都透過土地與其他樹根相接，樹枝朝天空伸去，我可以感受到一股連結的力量，我張開眼睛，感覺能量在樹枝間傳動。「其實應該要這樣才對，媽媽。我們大家都是彼此相連的，沒有開始或結束。」

我起身返回墳地，看到一根折成兩半的懸垂樹根。這條樹根上方長著另一根樹枝，樹枝經過數年的生長，重重的壓在樹根上，直至將它折斷。我凝望這條破壞巨樹對稱性的斷枝良久，直至最後僅見得到陰影。

＊　＊　＊

我突然醒來。**我太蠢了，竟然睡著了！爸爸也許在擔心我跑哪兒去**

了。我聳聳肩，深深吸氣。**我一定得放輕鬆，要相信我的朋友——我不可能同時跑兩個地方吧。**

太陽剛落山，我從毯子底下鑽出來，伸展四肢。我奔向懸崖邊，看到有人揮手高喊著一些我聽不清楚的話。我瞇起眼睛，試圖看清來人。是薩利姆！我揮著手回應，跑過去拿我的毯子。

我嗅著帶來的瓶蓋，把所有玫瑰水撒到墓地上。突然要離開，令我好生難過，便跪到墳邊說：

「媽媽，希望妳別生我的氣，但願妳能了解我的意圖，我希望……」我無法把話說完。

我跑到崖邊，開始步步為營的下山。薩利姆在山腳下耐心等候，雙手交疊，他上下打量我，皺起眉頭。

「你是怎麼了？爬過山溝了嗎？」

我垂眼看看自己，像是在泥巴裡滾過似的。

「我若告訴你，你也不會相信的，薩利姆。」

他笑了笑，「如果故事裡有你，我就會相信。你可以在路上告訴我，不過那不是我到這裡的目的，醫生正在找你。他去你家，我想他有點懷疑曼吉特、卓塔和我幹麼在你家外頭閒盪，但他沒說什麼，然後我們還來不及阻止，他就大步走進你家了。」

我的胃一揪。**他們一定談過話了，他們向來會聊天，爸爸一定知道了，完了。**

「走吧，別一臉愁容。我們想聽聽怎麼回事，便偷偷溜到房子另一側的小窗子偷聽，卻沒聽到聲音。你爸爸睡得很沉，醫生顯然不想吵他，便做了些檢查，然後留些藥。醫生從房裡出來時，喊了我的名字，他直盯著我的眼睛——你也知道他那種樣子——問我你在哪裡。我告訴他，你去掃你媽媽的墓了。他要我一定提醒你，今晚你得去村子裡幫他忙，所以我才來的。」

「那咱們最好快走。」我答說，「我們直接去醫生家，他大概等得不耐煩了。」

「我剛剛才一路跑到這裡，比拉爾。」薩利姆嘀咕的拖著步子。「至少告訴我，你怎會看起來像被大象拖過山溝吧。」

「好啦，好啦，不過快走吧。」我說，「你知道下過雨後，懸崖的路有多滑吧？讓我告訴你……」

20

醫生住在小鎮邊陲，遠離市集的一間小屋子。他似乎總是與人隔絕，在自己與醫治的病人之間保持一定的距離。有一次我曾問過他：

「醫生，你為什麼要離大家遠遠的？你不喜歡跟人們住在一起嗎？」

他慣常的盯著我，考慮如何回答。醫生不是急躁的人。

「我以兩種主要方式為人們服務。一，我照顧他們的健康，二，我扮演法官的角色。既是如此，我必須永遠保持公正客觀，你明白這幾個字的意思嗎？比拉爾？」

「不，我不明白。」我答說。

「那表示我必須跟我所主持的情況保持距離，萬一發生爭執或出了問題，我得公允以待，若我們剛好是好友，我絕不能因此做出偏頗的決定。那樣懂了嗎？」

「是的，我想我懂了，醫生。你不需要朋友這種麻煩的東西。」

記得醫生聽完後笑了，他很少笑，我可以輕鬆的數出自己令他發笑的次數，通常是我說了蠢話的時候。

此刻薩利姆和我站在醫生家門外敲門，幾分鐘後，醫生拿著醫藥包出現了。看到我渾身髒汗，他嘖嘖作聲，然後緊閉嘴脣。

「我已準備要走了，但你顯然還沒有。」說著醫生從我頭髮上挑起一根細枝。

薩利姆輕哼一聲，可是看到醫生瞪他，便停止了。我不安的挪著腳，一臉無奈。

「斷崖超難爬的，下過雨很危險。」我說。

「原來如此，所以你覺得去爬山是個好主意嗎？老實說，比拉爾，你有可能摔斷脖子或被落石砸成肉泥。回家去洗乾淨吧，我今天見過令尊了，他睡得很熟，這兩天不需要再多吃藥了。」

「可是，醫生，我覺得我應該留在這兒，以免爸爸需要我。」

「我認為你可以喘口氣，比拉爾。離開一下，會讓你心情好些。」

「可是醫生——」

「我需要你幫忙，比拉爾。」

「但我不確定……」

「我很希望你明天能陪我。」醫生堅持說，「我想薩利姆能夠照顧令尊，確保在你陪我的這段期間內，服用正確的藥量。」

「我一定會讓他服藥的，醫生。」薩利姆立即答道。

「很好，回去吧，比拉爾，回去休息一下。明早再回這裡見我。快去。」

我抓住薩利姆，快速往鎮上走。

「咱們現在怎麼辦？也許我應該假裝不舒服。」

薩利姆斜眼看我，然後搖搖頭。

「你知道醫生在一百步外就能嗅出你有沒有撒謊。」薩利姆意識到自己剛才的話，便笑了笑，「呃，或許也有閃失的時候，不過你明白我的意思啦，反正我覺得不值得冒這種險，只會惹他起疑。」

「是啊，可是到時我會離家太遠。」

「我們說過會幫你的，就讓我們幫忙吧。你陪醫生去，其他的事就交給我們，我會確保沒有人能進到你家見你爸爸，好嗎？」

我們朝我家走去，與卓塔會合，他正在屋外徘徊，我攬著薩利姆和卓塔。

「好吧，不過萬一出事，就派飛鴿來傳訊。叫曼吉特請他表哥派鴿子，我就會立即回家。」

21

過去兩年，我一直陪醫生到鎮上周圍的村子走動，父親以前陪醫生出巡多年，可是後來他忙著市場的事，就開始改派我代替他了。我們會一起挑一本故事書，讓我帶去讀給村裡的孩子們聽。這些年來，孩子們很喜歡聽父親說故事，因此有天我拿著書本出現時，還費了些勁才說動他們。經過父親指點訣竅後，我漸漸摸出孩子們喜歡什麼了，之後他們似乎真的很高興看到我來。說故事並不是我們去村子裡的主因，因為醫生每隔一個月，便會蒐集多餘的藥品，並帶著許多村民跟市集商販訂購的其他物品，放到他的驢車上前往。生病的村民會來找醫生，醫生則在我的協助下，盡力醫治各種疾病。

我們離開小鎮時，太陽當空高掛。我坐在醫生身邊，由驢兒拖著我們所坐的小車。我在車裡顛顛晃晃，盡量讓自己安適。周圍的地面十分平坦，綠色與棕色的大地在前方向外延伸。離開嘈雜的市集後，這邊靜極了，僅聽得到驢聲咴咴、車輪轆轆。頂上的天空泛著藍與白，可怕的雨季似乎變得十分遙遠。

醫生停車跟一名揮手攔下他的婦人說話，婦人拿她丈夫的患疾詢問醫生。我閉上眼睛，讓鄉間的靜謐平定心情。我們穿越鄉間，朝人們揮手，偶爾停車與認得醫生的農人和老婦聊聊天。許多人邀請我們到家裡喝茶或吃東西，可是醫生都盡可能婉拒了，他答應會盡快去拜訪。車子慢慢橫越大地，我覺得幸福像條毯子似的，包覆著我。

「這裡好安靜，好和平啊。」我低聲自語。

醫生看看我，點頭表示同意，然後又回去看著遠方。我用眼角瞄他，看他是否會說點什麼，但他僅是隨著車子搖晃。

「不會總是像這樣了吧，醫生？」

醫生嘆口氣，搖搖頭，「孩子，和平已經受到擾動了。」他說。

「被破壞掉了。」我心不在焉答道。

「你說得對，但可以隨著時間而修補或復原。」

「要多久時間？」我問。

「得視人民的意志而定，比拉爾。」

「萬一人民沒有那種意志呢，醫生？」

「那麼即使身體康復了，心靈將永遠無法使你完全復元。」

「一切都以意志為導向，不是嗎，醫生？」我望著展在前方的路說著。

「那是很重要的一環，比拉爾，拿令尊為例，排開其他一切，令尊的意志非常堅定，他的肉體不行了，但仍靠意志支撐著。」醫生說，「他的意志是無法磨滅的。」

「是的。」

「你都不知道你有多像他，比拉爾。你跟他一樣有旺盛的求知欲，需要看清楚，弄明白。你跟他一樣，如海綿般吸收生命提供的一切。」醫生說著，瞥了我一眼。

「有時我寧可不要那樣。」

「是啊，我看得出不停的需要尋求事物的意義，有多麼累人。」醫生笑說。

「你就不會那樣，醫生。」我說。

「是的。邏輯是我最要好的朋友，我相信因與果，我的孩子。凡事皆由因起而果生，沒什麼大道理，僅此而已。只有你自己的作為，以及作為所帶來的後果。」

「我真希望能那樣去相信！那樣去過日子。」我抗辯說。醫生好奇的看著我，然後抿了抿嘴。

「你果然是令尊的兒子啊，比拉爾。」

「但那樣並不實際，醫生。」我低聲說，好恨這樣說，像是背叛了父親。

「什麼東西不實際？」

「相信生命一定會走出自己的路，會發生的注定要來，最好別杞人憂天，讓事物自然發生就好。」我回答。

「可是你若是那樣相信，比拉爾，如果那是你的性格……」

「如果是的話，那麼我最好改變。我並不想一輩子當夢想家，我寧可跟每個人一起活在真實的世界裡。」我說，幾乎不敢去看醫生。

「比拉爾，有的時候，真實的世界是很醜惡的。」醫生答道。

「也許吧，但至少那是真的。」我說。

22

進了村子，跑在車邊的孩子們湧了上來，我朝他們揮著我為他們挑選的厚書，孩子們發出期待的歡呼。他們的熱情令我一笑，我跳下車，被孩童們團團圍住。醫生把車停到平時停放的廢棄小屋前，他下車跟村子裡幾位領袖見面，我則被一堆跟「大城」相關的問題淹沒，但最後我還是脫身跑去找醫生了。我發現醫生站在一群群聚眾附近，我走過去，從醫生的站姿上感覺到他的不安。我的眼角瞥見有人在激烈的辯論，還有幾個人望向醫生。

「醫生，怎麼了嗎？」

醫生並不知道我就站在他旁邊，他很快的搖搖頭。**搖得太快了**。

「沒、沒事，一切都沒事，他們只是在討論要我們從哪邊開始。」

說謊，我心想。看著激動的群眾，他們顯然分成兩派，一派贊成，一派反對。**反對什麼？**

我可以感覺到醫生越來越焦躁不安，他渾身動也不動，狀似欣賞天空，但全副心神都聚焦在離我們不到十碼的談話上。

最後人群達成了某種決定，一名矮小的老者對醫生表示可以開始工作了。我去車上取下我們帶來的部分藥品。

在卸貨時，醫生靠過來在我耳邊低語，「情況不太對勁，我不確定發生什麼事，但我們一結束就離開。現在去把孩子們聚集起來說故事，若有個萬一，他們可能還對咱們存有善意。」

「有個什麼萬一？」我戒慎的問。

「只是萬一而已。」醫生只肯說這麼多了，他大步走向等得不大耐煩的人群。

我緊張的走向孩子們，叫他們在村子邊陲井邊附近的空地上集合。一大群多為幼童的孩子，耐心的坐在我前方，明麗的午後陽光下，村裡的男人仍聚在一起談話，他們比較沒那麼激動了，但仍不時警戒的瞄向醫生。我盡可能讓自己放輕鬆，我看著一張張興奮的臉孔，然後清清喉嚨。

「我想，今天為大家念一個阿拉丁神燈的故事……」故事說罷，有些孩子發出歡呼，要求我再說一個，可是就在這時，兩名男子大步朝我所坐的地方走來，然後在我面前停下。

「跟我們來。」他們壓低聲說。

「去哪兒？」我問。他們緊繃的站姿和眼神令我十分難安。

「來就對了，醫生正在等你。走吧。」

我拿起書，但他們示意要我把書留下。一名小女孩——不管我說什麼故事，她總是坐在最前排——站起來，從我手上接過書本。

「我會幫你看好書，你稍後再拿回去。」女孩把書抱在胸口說。

我朝她微笑點頭，喃喃道謝，然後跟隨兩名男子，離開一圈靜靜圍坐的孩子。

我們來到停放驢車的廢棄小屋，然後在屋外停下來。他們揮手要我進去，我走進屋裡，聽到屋門在我後方關上，接著是一根沉木搬放的聲音。醫生坐在角落的米袋上，他雖然面無表情，但我從他的眼中看到了預警和別的東西——恐懼。

「醫生，這是怎麼回事？」

醫生站起來開始在房中踱步，他走到門邊豎耳聆聽，等確認門外沒有人後，又坐了回去。

「比拉爾，這就是我們之前所講的情況，和平已經遭到破壞了，而我們又遠離家園。我看完病，將藥品分發完畢後，村子裡的大人——呃，就我所見，大部分是年輕人——便把我送進這裡了。他們問我是不是穆斯林派來探查他們的人數，把重要資訊回報給正在集結、等著攻擊他們的群聚的間諜。」

我終於明白眼前的險況了，我在醫生對面坐下來，把頭埋到手裡。

「他們怎麼會那樣想？我的意思是，我們已經來這裡那麼多年了，你甚至比我更早就來了，他們怎麼會那樣想？」

醫生站起來再次踱步。

「各處都傳出暴動和搶劫事件，有位村民的親戚跟我們同時抵達，他跟村裡的長者講了一些全國各處的暴亂事件。大部分村人都不相信，也挺身說話，但年輕人似乎受到動搖。他們被那位親戚的恐怖消息煽動，結果說服了每個人，為了村子的利益，還是將我們拘禁起來。」

醫生直視著我，不再踱步，他發現他來來回回的走動，會令我緊張。

「那他們現在打算把我們怎樣？我們又不是間諜。他們什麼時候要放我們走？我得回去照顧爸爸！」我哭道，慌到胃抽筋，我痛到彎折了腰，醫生走到我身邊。

「胃又抽痛了？我們得保持冷靜，比拉爾。也許他們只是嘴上說說而已，等村民發現他們反應過度後，我們就能回家了。放輕鬆，讓胃部舒服些，還有，別再咬著牙根了。深吸一口氣，放鬆身體。我們不會有事的，只是得耐心等。」

我把身體靠回去，試著放緩呼吸。他們還能對我們做什麼？我們又沒犯錯，我們是想幫助村民，才帶藥給他們的呀。我閉上眼睛，**我們只是得耐心等，可是我們在等什麼？**

23

幾個小時慢慢滑過去了，我看著醫生在屋裡走來走去。許多年前，鎮上的委員會決定擬定計畫，協助地方上各個村子，提供他們更好的醫藥。醫生自願幫助村民，帶著小鎮能提供的些許藥品前去。我們一向受到最高的尊崇，村民往往要求我們多留一天，因為他們鮮少有訪客。想到那些總覺得醫生的現代醫術和藥物很奇特的溫和村民，竟想要殺害我們，就令我失笑。我發現醫生停下腳步瞪著我，他顯然被我的笑聲嚇到了。

「什麼事那麼好笑？」醫生問。

「這些村民沒道理會傷害我們，他們能把我們怎麼樣？」

天漸漸暗了，加了欄杆的小窗透入一束月光，照出醫生踱步時在地上留下的足跡。那是一個像八字形的詭奇漂亮紋路。我再次咯咯笑了起來。

他就是這樣，我心想，這完全就是醫生會幹的事，明明很緊張的踱步，卻仍要維持一絲不苟的模式。我走到窗口往外望，月亮把一切鍍上了銀光，四處都映出了陰影。

「不需要去想他們可能會怎麼對待我們，比拉爾，這是個詭譎的時代，世道艱難。人們舉止異常，所以我們不能指望他們會有理性的行為。」

醫生再度開始踱步，我努力消化他的話，站起來開始朝反方向踱步。入夜了，我想像村民能加諸在我們身上的所有恐怖行為，想像了許多他們可以傷害或殺害我們的方式。我的步子變快了，最後趕上了醫生，差點害他扭傷腳踝。醫生搭住我的肩，將我緊緊定住。兩人四目相交時，我第一次注意到他眼周深摺的皺紋，像解剖刀割出的小切口。

我們突然聽到木條咿咿呀呀的挪開了。我們兩人僵住，醫生示意要我坐到離門遠些的地方，然後自己手扠腰站到房間中央。兩名以圍巾遮臉的年輕人走了進來，他們停下步子，彼此低聲交談，然後踏步向前。

「聽我說，」醫生表示，「我來此地已經八年了，從來沒有受過這種待遇——」

個頭較大的男子毫無預警的在醫生臉上重重摑了一巴掌，另一名則揍他肚子。

「閉嘴，你這隻走狗！你以為我們是笨蛋嗎？」

我嚇呆了，一分鐘後才會意是怎麼回事。我驚恐的看著較矮的男子拿出棍子，高舉空中。我大吼一聲朝他撲過去，攻其不備，我們兩人一起摔在地上。男人從最初的驚嚇中恢復過來，抓緊我的雙臂。

「小朋友，如果你不閉嘴，我就拿這根棍子敲你的頭，明白了嗎？」

我極不甘心的停止掙扎，男人緩緩放開我，拿棍子指著我，朝另一名男子點點頭。

「我們只是想問些問題，之後就會放你們走。」

醫生這會兒坐起來了，但看起來還是喘不上氣。他深吸幾口氣，抬手表示同意的喘著氣說：「那就問吧。」

「是誰派你們來的？」大個子問。

「我跟你們說過了，我們是集市委員會派來的，一向如此。」

兩名男子面面相覷，一頭霧水的聳聳肩。

「你們鎮上是不是被穆斯林控制住了？你想說的是這個嗎？」矮個子問。

「不是，當然沒有。」醫生說，「我要說的是——」

小個子惡狠狠的朝醫生鼻子揮上一棒，我再次撲向他，抓住他的棍子，但他這回有準備了，用另一隻騰出來的手抓住我的脖子，將我摜到地上。大個子朝我走來，將我固定在地上。

「我們知道你是醫生——有些村人甚至認為你是好人——可是你騙不了我。只要告訴我們，有多少人等著要攻擊我們，我們便能做出必要安排，你們可以避免許多流血事件，好好考慮吧。」

醫生的鼻子冒著鮮血，他坐直身體，再次抬起頭。

「我說什麼會有用嗎？孩子，你早已認定我們是來這裡做什麼的了，八年來，我到村裡提供藥品並幫助村民，可是我以前從未在這裡見過你，你們兩個都是。你們是誰？政治策反份子嗎？」

「你不必管我們是誰。」

「是，你說得對，我不必管，因為再六個月或一年或過些時候，我會再回到這裡。村民將會滿懷內疚的看著我，但你們不會在這裡了，對吧？你們早已離去，到下一個城鎮煽風點火去了。」

「你根本不懂自己在說什麼，老頭子。是村民要求我們來的，我們到這裡幫助他們發掘真相。」

醫生垂下頭，瞪著兩名男子，然後微微一笑，鮮血從他鼻子流下來，染紅他的嘴和牙齒，在月光下顯得極為恐怖。

「孩子，我的驢還比你們更懂得什麼叫真相。」

兩名男子彼此相視，然後朝醫生逼近。大個子也亮出一根棍子，兩人開始擊打蜷成一顆小球的醫生。我大喊救命，一邊跳到大個子背上，可是他將我舉起，重重甩我巴掌，將我摔到地上。我試圖站起來，可是肚子被小個子踹中。我無助的看著醫生默默承受痛擊。等他們住手後，我才發現自己剛才一直在為我們兩人尖叫。

兩名男子從我身上跨過，打開沉重的門，然後轉身。

「我們給你們機會，是想幫助你們，明天早上會有其他更凶狠的人過來。」

我捧著肚子看著兩人離去並重重將門摔上，然後把木條橫放回去。醫生拖著身子站起來，我手腳並用的爬到他旁邊，重重倚在米袋上。

「你還好嗎，醫生？」

「骨頭沒斷，我想剛才那只是暖場而已——真正的暴徒明早會到這裡。」醫生說著慢慢搖動自己的鼻間，然後苦皺著臉。

「你難道不能對我撒謊嗎？」我問。

「撒謊？撒什麼謊？」他不可置信的問。

「關於可能發生的狀況，告訴我一切都會平安無事。」

「那有什麼意義？」

「會讓我覺得好過一點。」我靜靜說。

「只是暫時好過而已，到時還是會了解事實。」醫生嚴肅的說。

「可是到時就無所謂了。」

「對我卻有所謂。」醫生想坐得舒服些，卻痛到皺臉。「還有幾個小時天才亮，現在擔心也沒用，咱們坐著看會發生什麼吧。」

我瞪著滿是塵埃的地面，那個被弄糊的八字圖讓我感覺我的腿好像還在走動。我腦中竄過千百種念頭，**我必須回家，我必須回到爸爸身邊**。我心中漸感絕望，看到坐在我對面的醫生頹著肩，把頭埋到手裡，我簡直無法忍受。

「醫生？」

「什麼事，比拉爾。」醫生頭也不抬的說。

「我得告訴你一件事……關於我最近在做的事……」

* * *

我跟醫生講完瞞騙的事後，並不覺得好過些或難過些。他依舊一臉木然，但我知道他正在權衡我說的話。

醫生還來不及說出他的想法，門上便傳來搔刮聲了。我閉上眼睛仔細聆聽，怕自己的耳朵聽錯了。聲音又出現了！但坐著沉思的醫生仍未動彈。我很快走到門邊把耳朵貼上去，醫生注意到了，便站起來。

「怎麼了嗎？」他問。

「我聽到門上有搔刮聲，覺得好像有人在門的外面。」

兩人雙雙把耳朵貼到門上細聽，搔刮聲持續傳來。

「哈囉？你能聽到我的聲音嗎？」我悄聲問。

「哈囉。」一個細小的聲音從門的另一邊傳來。

「哈囉！你能告訴我們發生什麼事嗎？他們打算把我們怎麼樣？」

對方一陣沉默，我可以聽到醫生的心跳在我身邊隱隱的撞擊著。

「他們認為你們是間諜，覺得如果放你們走，你們就會去跟要來攻擊我們的人告密，然後偷走我們所有的女生。他們認為……」

這回是一片死寂，現在我可以聽見自己的心臟在胸口狂跳了。

「他們認為什麼？」我悄悄問。

「他們認為最好別放你們走。」

「你想，你能幫我們嗎？」醫生小聲問。

「我要怎麼幫你們？」那聲音悄悄的說。

「你能打開這扇門讓我們出去嗎？」

外頭一陣窸窸窣窣的腳步聲，然後便突然停止了。

求求你，別把我們扔在這裡。

「我不夠高，搆不到木條，我的手伸不到。」

「一定有你可以墊腳的東西——桶子或什麼的。」

「都太重了，我搬不動。」那聲音說。

「而且會弄出太多聲音。」我補充說。

「一定有什麼你可以用的東西。」醫生表示，我感覺到他急切的語氣，便靠向門邊。

「沒關係，你慢慢來，反正我們哪兒都去不了。」我試著開玩笑。

沒有人笑。屋子裡的光線正在改變，不久天就要亮了，如果我們現在逃不了，也許永遠休想離開了。我們耳貼著門，聽到更多腳步聲，接著小小的腳步便跑走了。我驚恐的望著醫生，發現又只剩下我們。醫生踱開，咬著牙關，慢慢走回米袋邊。我背靠著門，滑坐到地上，用手摀住臉。我們遠離家園，被一群陌生人包圍，這跟我原本的想像大相徑庭。我向來只了解集市小鎮，以為自己會在那裡生活並終老一生，這點我一直很有把握，而任何其他可能性，則像摑在我臉上的巴掌。

我突然聽到腳步聲折回來了，門外傳來更多窸窸窣窣的聲音。接著一陣嘟囔，然後是好像要把全村子吵醒似的，咿咿呀呀的鬧聲，木條被舉起來了。門緩緩推開，一名小女孩出現在我們面前，她就站在我給她的那本厚書上。女孩笑兮兮的從書上走下來，小心翼翼的拿起書，吹去表面的灰塵。我身旁的醫生好奇的看著捧住書的小女孩，然後很快走到我們的驢車邊。

「妳為什麼會來找我們？」我問。

「我想把書還給你，我之前說過會還書的。」

醫生火速折回來，「我們得立刻離開，趁村民還沒醒來之前。」他對女孩笑了笑，然後走回驢車邊。

我跪下來對女孩咧嘴笑道：「我們現在得走了，非常感謝妳的搭救。」

「小事啦，我不希望他們傷害你們。」她答道。

「幸好有妳，他們傷不了我們。不過這件事妳絕對不能跟任何人說，還有，妳一定得回家去，假裝這件事從來沒有發生過。」

「好的。」說完女孩把書遞到我面前。

「不，這本書現在是妳的了，算是感謝妳幫忙的贈禮。妳只要跟他們說是我忘記把書帶走，或隨便什麼都行。希望這本書能帶給妳很多樂趣。」

小女孩驚訝的張大眼睛，把書本緊抱在胸口。我親吻她的額頭，然後跑向驢車。我們揮別後，火速離村而去。

24

我們筋疲力盡的回到鎮上，坐車坐到渾身僵硬。車子一進到鎮裡，我便覺得全身沉軟，四肢有如鉛重，整個頭垂在胸前。但我還是抬起頭，我回家了，父親需要我，我沒時間感覺虛弱。醫生跟平時一樣坐得筆挺，將驢車直接開到他家。醫生走下車，因僵硬或痛楚而微微皺眉。

「比拉爾，這件事我們誰都不能提。委員會裡某些會員可能會利用這件事，把事態鬧大。這件事交給我，如果我們什麼都不說，就技術上而言，我們並沒有撒謊。」

我看著醫生憔悴的面容，點點頭。**所以除非你開口，否則就技術上而言，都不算撒謊。好。看來說謊的規則，比我想像中還要微妙。**

「我不會說出去的。」**這點我辦得到。**

「去看看你父親是否沒事，我們離開前我去探望過他，藥效似乎讓他舒服了點。一定要讓他喝很多水，還有給他吃些新鮮水果，我很快就會過去給他檢查檢查。」

「好的，醫生。稍後見。」

我跳下車，正想從醫生旁邊走過，卻被他攔住，他抓緊我的肩頭。

「至於另一件事……關於令尊的事……」醫生才開口。

我想到自己對醫生招認的事，雙肩一頹，差點沒跌在地上。

「那件事咱們也得談一談。」醫生靜靜表示，然後轉身離開。

25

我拖著步子走進鎮裡，然後跑到我們的制高點，呼叫卓塔。卓塔的頭從老房子頂端冒出來，他揮手要我上去。

「卓塔，有什麼消息嗎？薩利姆呢？」我問。

「我不確定他去哪裡了——好像是家裡有些問題吧。」

「什麼問題？」

「他沒說，但他答應會很快回來。噢，還有，他叫我告訴你，你爸爸昨天醒來在問你去哪兒了，他還問薩利姆旁邊有沒有報紙，他想知道最新動態。薩利姆編了藉口離開了，但你爸爸要他明天弄一份報紙去。」

「不能讓他看報紙啦！他會立刻知道出了什麼事！所有報紙都在報導分治計畫的事，爸會很傷心的。」**我知道他遲早會想看報紙**。

「可是他想看啊，你也知道他起心動念後是什麼樣子。」卓塔聳肩答說，「他和你有點像，一旦有了想法，就不會放棄。」

我揉揉眼睛，重重嘆氣，卓塔搖著頭。

「你幹麼那樣看我？」我問。

「你幹麼一臉悲慘？」卓塔答說，「想辦法就好了嘛，如果你努力想，總會找出答案。」

我搓著額頭，**卓塔老認為一切都很簡單！**我覺得最好順著他的意思。

「所以是什麼辦法？」我疲累的問。

「你只須印自己的報紙就得了，不是嗎？就這麼簡單。」

卓塔十足滿意的回頭去削木頭，我心煩的閉起眼睛，腦中突然閃過一念。卓塔說得**沒錯！**我得印出自己的報紙，報導我自己的事件觀點。我拍拍卓塔的背，謝謝他，然後跟他道別。

回家時剛好趕上午餐時間，我到家時父親正在打盹，我開始煮飯及配飯用的扁豆糊。米飯下鍋烹煮時，我坐到父親腳邊的床上。他呼吸勻稱，咳得沒那麼凶了，但十分病瘦；若非他的頭靠在枕上，你很難看出厚被子下是否躺了人。父親一向清瘦，可是他的皮膚現在貼在骨頭上，像是有人從後面緊揪住，有如曬過變硬的皮鞋。他雙頰凹陷，眼睛亦然，當他注視你時，只看得到兩道晶亮的目光，宛如夜空中的兩顆孤星。

我開始輕輕按摩他的雙腿，讓它們恢復生氣。

「該醒了，爸爸。」我靜靜的說。

父親微笑著張開眼睛，像是從一場遙遠的夢境中醒來。

「啊，你回來啦。感覺你好像離開好幾個星期了。怎麼樣呀？」他問。

「噢，你也知道，還不是跟平常一樣。大家各做自己該做的事。」我盡可能冷靜的回答。

父親對這個答案似乎頗為滿意，便試著慢慢坐起來。

「我們來吃午餐吧。」我把米和扁豆糊拿過來。

「我不太餓。」父親嘆道。

「你得吃東西才行，不能光睡覺做夢不吃飯。」我答說。

「那倒是真的，做夢很累，誰知道在夢裡會旅遊多久——也許幾天、幾年，甚至好幾個世紀。」

我抓起自己的凳子，把父親的盤子遞給他，然後拿著自己的盤子坐下來。我餓壞了，開始放肆大嚼。

「夢很吊詭，有時幾乎跟真的一樣。」父親繼續說道，「你幾乎可以品嚐得到，可是夢醒時，卻像沙土般，在你還來不及抓住並塑造成形之前，便從指間溜走了。我唯一能記得的夢，是跟你和你媽媽有關的夢。」

我狼吞虎嚥的點著頭，父親還沒開始吃他的飯，我指指他的盤子，然後扮了個鬼臉。他乖乖抬起手開始吃飯。

「也許那些關於媽媽和我的夢，並不是夢，說不定是印象或回憶。」我說。

「嗯，這觀點倒挺有意思。你都夢到些什麼，比拉爾？」

「**夢到你不會死，爸爸。**」我好想這麼說，「**夢到媽媽還在這裡陪著我們。**」

「我不太做夢，爸爸，不過倒經常做白日夢。」我回說。

「什麼樣的白日夢？」

「唉呀，就是打板球厲害一點，像老鷹一樣在天空飛翔，籌組小鎮市集之類的夢。」

「都是很好的美夢，立意甚佳。」父親說。他低頭看著自己的盤子，再度抬起手。「我想我只能吃這麼多了，孩子，請別生我的氣——最近我的胃口似乎不太好。」

食物幾乎沒動過，只是在盤子裡被挪了位置。我接過父親手上的盤子。

「好吧，不過醫生說，我應該餵你新鮮水果，所以我幫你買了一顆石榴，已經熟了。你可以用你的特殊手法，為我們切石榴。」

父親接過我遞上去的石榴和小刀，把石榴放到掌上，順著一個角度把刀滑切進去，接著繞切著，就在他下最後一刀時，他看看我，然後笑了。父親在石榴頂端畫了個小圓，然後把刀子挪走，水果便像花朵似的綻開了。紅色的石榴子像紅寶石般在他手心中閃動。

26

早晨的陽光篩過我們家房子的縫隙，在房中灑成細碎的黃斑。我撐開一隻惺忪的睡眼，注意到散落在牆上書本的光點，便用手肘將自己撐起，看看是哪些書吸引了光束。屋中雖有陽光，卻十分寒涼。

我聽到父親翻動，便去泡茶。我在攪動茶壺時，薩利姆跳過門口，蹲到我旁邊。

「能泡給三個人喝嗎？」他問。

「你跑到這裡把熱氣呼到我脖子上，我還有得選擇嗎！」說著我用手肘推他，薩利姆一個失衡，跌得四肢趴地。他面色漸沉，坐起來，看我把茶倒入杯子裡。

「比拉爾，我爸爸前些天跟我們大家說了件事，一件關於——」

「比拉爾。」父親嘶啞的聲音從另一個房間傳來。

我扔下喝茶的薩利姆，從自己床上抓起毯子蓋到父親身上，拉至他的脖子。父親突然醒來，看到是我，便笑了。

「我還在做夢。」他說。

「你總是在做夢呀，爸爸。」我咯咯笑說。

「沒有總是——這陣子我睡得挺沉。」

我用枕頭幫他墊高，將熱騰騰的茶遞給他。一束陽光透過窗外的竹林，打在他臉上。在明亮的陽光下，父親的皮膚看起來像透明的，我可以看到他皮下的血管。我想挪開眼神，視線卻盯住他薄如紙張的皮膚、凹陷的雙眼和一束束的頭髮。在微光中，那看起來更像是人類的顱骨，而非頭部。我望著父親迎向陽光，讓臉部沐浴在暖意中。他那模樣令我想到迎向太陽，捕捉最多光束的花朵。穆克吉先生說，那是大自然的方式，開花、生存。我接過父親的杯子，親吻他的額頭，然後扶著他在床上躺妥。他的眼睛又沉重起來，我轉身要走時，父親輕輕抓住我的手。

「比拉爾，我覺得自己在逐漸流失。」他靜靜的說。

「別那樣講，爸爸，你還在這兒。」我答道。

他用力按了按我的手，點點頭。「你說得對，我還在這兒。我還是想參與世事，你已經有一陣子沒幫我拿報紙來了，比拉爾。我想外界的消息，一定能振奮我的精神，幫我拿份報紙來好嗎？」

「當然好，可問題是，呃……目前正在鬧罷工，你大概得等一陣子才會有新聞。」

「奇怪，罷工一定很嚴重，他們才沒送報。不過，應該很快就會過去了，對吧？」

「下星期應該就會結束了，到時我會幫你弄份報紙，你現在先休息，我稍後再來看你。」

「好的，比拉爾，好的。」他答道，然後閉上眼睛，拉緊胸口的毯子。

我走回另一個房間，薩利姆還蹲在那兒喝茶。

「你剛才聽到了嗎？」我問。

他點點頭，喝了一大口茶。「聽到了。你有什麼想法？」

「咱們得去見辛禾先生，說服他幫我們印一份報紙。」我答說。

「就那樣直接去請他印啊？」薩利姆問。

「是啊，就那樣。」說罷我大步離去，薩利姆則跟在我後頭。

27

辛禾先生的印刷廠就在市集另一端，香料區的後方。我們快速穿越市場，我發現有些攤位詭異的空著。我一邊往印刷廠走，一邊努力回想辛禾先生的事，但除了他跟父親同年之外，啥也想不起來。我約略記得父親需要幫委員會印東西時，會去找他。我站在他家門口，絞盡腦汁想思索用最好的方式完成此事。

「你打算怎麼說？」薩利姆問。

「還不確定，你就看著配合吧。」說著我去敲門。

看到兩名男孩站在門外，辛禾先生沒有絲毫高興的神情。他垂眼看著我們，留著長鬍子的臉上透出不悅。

「你們想幹麼？」他低聲問。

「哈囉，辛禾先生，我們是來麻煩您幫忙的。」我說。

「幫啥忙？」對方眉頭皺得更深了。

「呃，我們要交學校作業，其中一項作業就是要製作一份特殊的報紙。班上大部分人的報紙想用手寫的，可是我們覺得若能印出我們自己的報紙，應該會很棒。我們真的想把作業做好，對吧，薩利姆？」

薩利姆鼓著一對蟲眼看我，然後緩緩點頭。我也回應的對他點點頭，拍拍他的肩。

「真希望這點子是我自己想出來的，可惜是這位薩利姆想到的。」我開心的說。

辛禾先生將注意力轉到薩利姆身上，然後一臉不爽，顯然煩怨薩利姆的主意在那天打擾了他。薩利姆忙著用腳趾磨蹭一顆鵝卵石。辛禾先生一手橫在門上，用胖大的身體阻擋整片門口。他輕輕的來回搖著門板，彷彿那隻手還沒決定到底想怎麼做。

「所以是穆克吉先生讓你們來的？」他瞇起眼睛問。

薩利姆慌亂的踩著鵝卵石，在辛禾先生的怒視下，氣勢明顯的遜掉。

「不，不是，不完全是，基於兩個理由，我們不能告訴穆克吉先生。一，我們希望給他驚喜，讓他稱讚我們的創意。第二，我們不希望讓班上任何人發現，否則他們全都會到這裡敲您的門，跑來麻煩您，要求您幫各種愚蠢的忙。我們不希望那樣，對吧，辛禾先生？」我充滿自信的問。

「是啊，我們是不希望那樣。」辛和先生答道，然後嘆口氣，開門讓我們進去。「你們最好進來吧，不過不許碰任何東西，或坐在任何東西上面，或問任何蠢問題。」

「不會的，辛禾先生，我們不會。」我答道，然後抓著薩利姆的臂膀，將他拉進屋裡。

辛禾先生鑽入另一個房間，扔下薩利姆和我笑兮兮的咧嘴相望，慶幸能走到這一步。辛禾先生回來後，坐到凳子上，那凳子看起來十分破舊，加上撐著胖大的辛禾先生，似乎頗為吃力。

「好啦，要我印什麼內容？我可警告你們，我不會替你們撰寫或編輯，你們得自己準備文稿，弄好直接打印。還有，我只能幫你們印頭版、兩面內頁和最後一面。我只能做這麼多了，我可告訴你們，即使這樣也很慷慨了。」

我回頭看著薩利姆，笑道：「當然，我們正在撰稿，過幾天就會準備好了。我們希望能完美無誤，我想你一定能了解，辛禾先生。」

辛禾先生煩亂的在搖搖晃晃的凳子上挪動身體，不耐煩的揮揮手。

「反正星期五前把稿子送過來，否則我可能會改變心意。」

「我們想的正是星期五，是不是，薩利姆？我們會在週五前把稿子拿給你，沒問題的。」

「別耽誤了。你們怎麼不去上學或什麼的？去吧，快走，否則你們會遲到。」說罷他趕我們出門，然後重重在我們身後摔上門。

我對薩利姆燦然一笑，他攬著我，開始帶著我朝學校走。

「現在只剩下寫稿這件小事啦！辛禾先生讀到時怎麼辦？」薩利姆問。

「我現在只能且戰且走了，薩利姆。」我答說。

薩利姆點點頭，兩人一起奔過空盪詭異的街道。

28

到校時我們遲到了，兩人躲在門後，等穆克吉先生轉身背對，在黑板上寫字。坐在後方的曼吉特看到我們了，他在自己的坐位兩側各騰出一個位置給我們。兩人掐準時間，趁穆克吉先生轉身在黑板上強調一些內容時，躡手躡腳的溜進教室。我們火速坐下來，小心翼翼的盯著黑板，擺出一副專心聽講的模樣。穆克吉先生溫和的聲音使我平定下來，我思索著如何撰寫報紙。

我要寫什麼？我這輩子從來沒寫過那麼多東西。

* * *

一天快過去了，想到自己幹下的事，我的心情越來越煩躁。

寫報紙？我是在想什麼！萬一辛禾先生跟別人說呢？或者萬一他決定問穆克吉先生「學校作業」呢？如果他跑到家裡來看爸爸呢？

人在說實話時，不會眨眼睛，撒謊時，還是不會有人眨眼睛，但唯一的差別，是心裡的感受。撒謊時心裡越難受，你的麻煩就越多。我決定再也不要難過了。

我的肋骨上傳來一陣刺痛，打斷我的思緒。放學時間到了，穆克吉先生正在收尾。

「明天見了，各位。還有，別忘了你們的課本。大家都可以走了，但比拉爾和薩利姆除外——我想跟你們兩位談一下。」

我們兩人蹭著腳，等全班離去，然後走過去站到穆克吉先生的書桌邊。他繼續收拾文件和檔案，我們站在那裡，努力不去看對方。薩利姆的兩隻腳不安的動著，一邊揉著自己的臉。最後穆克吉先生終於抬起頭。

「你們兩個今天早上為什麼遲到這麼久？每天早上的上學時間都一樣。你們兩人都住在離學校步行五分鐘的地方，我們班有的男生從鄰近的村子來上學，而且人家總是很準時。所以告訴我，你們的藉口是什麼？」

薩利姆還在那邊動來動去，看來恐怕說不出話了，因此我清了清嗓子。

「穆克吉先生，呃……薩利姆跑到我家，我們兩人想一起上學。我幫爸爸燒了些茶，我們正要離開時，我發現自己忘了幫他備藥，所以連忙去準備，薩利姆說他可以等我，所以我們兩人才會遲到。」**說謊變得越來越容易了。**

穆克吉先生直視著我們，然後站起來看看自己的懷錶。

「那並不能解釋，為什麼前一分鐘你們還不在我的課堂上，下一分鐘你們卻神奇的出現了。你們到校時，為什麼不乾脆等在門口，解釋遲到的原因，而要偷偷溜進來？」

「我們不想打擾您上課啊，老師，我們只是以為……」

「不對，你在說謊。那你又是怎麼回事，薩利姆？你幹麼對我扮這種臉？」

「老師，我真的得去上廁所了。」

「那就去吧，我可不希望教室裡鬧水災，上次阿彌特都快把教室淹了。快去！」

薩利姆躡腳走出教室，生怕做出任何突發動作。

穆克吉先生摘下眼鏡，揉揉眼睛。

「你是怎麼了，比拉爾？」

「沒事，老師，我沒怎麼樣。」我聳聳肩說。

「我知道這段時間你不好受，令尊……可是你還是得……把這些事說出來，你不能封閉自己的情緒，否則有一天會崩潰的。」

最好封閉住，別宣洩出來，我心想。**有誰能夠了解？**

穆克吉先生嘆口氣叫我坐下，他搭住我的肩，輕輕按著。

「你有沒有什麼事想告訴我？」

「我沒有事要說，我……我……」我結結巴巴的想把穆克吉先生的手甩掉，但被他緊緊抓住。

「告訴我，拜託你。」他說。

「我不懂您的意思，老師，真的……我，呃……根本沒事。」我答道，突然覺得好累。穆克吉先生的手沉重得有如馬鈴薯袋。

薩利姆回到教室站到我旁邊，他用手攬著我另一邊肩膀。

「告訴他，比拉爾。」他靜靜的說。

我驚駭的抬眼看著薩利姆。**別背叛我啊！**

「你不能老是自己一個人全擔著，比拉爾，我可以幫你忙，但別人也可以。告訴老師吧。」

他在講什麼？我搖著頭，淹沒在各種思緒、回憶、想法、謊言、計畫、夢想裡……我彎折著腰，覺得五臟六腑揪得發疼。穆克吉先生跪到我旁邊，輕聲對我說話，薩利姆則一臉憂心的看著。

「深呼吸，比拉爾，然後放鬆。你的胃在抽痛，你必須放鬆，深呼吸。」

我深吸幾口氣，感覺胃部慢慢放鬆下來，緊繃感逐漸消失。薩利姆坐到我旁邊的地上。

「我哪兒都不去，告訴我，從頭說起。」穆克吉先生坐下來說。

我瞄著薩利姆，他鼓勵的點點頭。我看著穆克吉先生的臉，發現他的眼神好柔和，就像父親一樣。

「每個人都在說謊……」我開口說。

＊　＊　＊

等我說完後，穆克吉先生似乎聽呆了。他拿出懷錶，開始在教室裡踱步。

「或許他也需要去上廁所？」薩利姆在我耳邊低語，想逗我笑，可是我沒那份心情。

我剛剛跟穆克吉先生說了實話，雖然很困難，但我覺得好過多了。一直以來，肩上的擔子感覺變輕了。穆克吉先生終於不再踱步，他坐了回去。我看得出他咬著牙關，眼神十分疲累。

「比拉爾，我很敬愛令尊，他為我做了那麼多事——他為我爭取到這份工作。當我聽到他即將死去的消息時……我難過極了，天知道你會是什麼感覺……我覺得好慚愧，沒去探望他，可是看到他那個樣子，真的很難受。」穆克吉先生在椅子上坐挺身子，然後戴上眼鏡。「我說不清自己對你所做的事是什麼感覺，但我要說的是，因為我愛你的父親，因為我可以理解身為他兒子的你為何這麼做，因為我只能猜想，此事對你何其困難……所以，我會幫你的，我還不確定怎麼幫，但我會幫忙。」

旁邊的薩利姆身子一顫，吐了一口大氣。**穆克吉先生要幫我們！**

「我會替你保守祕密。」他柔聲說。

我一時無法思考，只能喃喃道謝，然後打算離開，但薩利姆很快拉我起來。

「穆克吉先生，其實我們現在就需要您幫忙。是這樣的，我們得製造一份報紙——在週五之前……」

「你們最好跟我講清楚。」他說。

於是薩利姆把整件事告訴穆克吉先生。

「只有你一個人嗎？比拉爾！我竟然不覺得訝異！可是我說過會幫忙，就一定會幫。你們打算怎麼創造這份報紙？」

「全都安排好了，只要我們寫出來，辛禾先生就會幫我們印出來。」我答道。

「他為什麼會同意那麼做？」穆克吉先生問。

「我們跟他說那是學校的作業。」薩利姆插話道。

穆克吉先生瞪大眼睛，然後搖起頭。「你們二位顯然在這場遊戲裡占了先機，我會盡力趕上的。」

薩利姆突然起身，「我得走了。」他說，表情甚是焦慮。

「怎麼了？」我問。

「噢，沒什麼。我只是得回家幫我爸爸做點事，途中我會遇到卓塔，告訴他你跟穆克吉先生在一起。」

「啊，是了，把風的。那小傢伙一定是溜出學校幹這檔事了！其實他比任何人都該上學。」

「穆克吉先生，您說過會幫忙的。」我抗議道，「如果卓塔不待在屋頂上，我們就無法知道誰想拜訪爸爸了。」

「好吧，我明白。」他答道，「告訴卓塔，如果他需要我們，我們會在我家。我得趁你們的師母來找我之前回去。」

薩利姆同意後，很快離開教室，穆克吉先生收拾文件放到手提箱裡，然後看看我。

「怎麼了？你還是很擔心的樣子。是薩利姆嗎？」他問。

「是的，他好像在隱藏什麼，但我不曉得究竟是啥。」

「去了解並解決每個人的問題，是你的責任嗎？」

「不，不是那樣的，我只是知道事情不太對勁。他為什麼不告訴我？他什麼都跟我說的。」

「給他一點時間，也許他會來找你，跟你傾吐他的心事。也許他現在不想拿那件事來煩你。」穆克吉先生說著便鎖上學校房舍，帶我沿街而去。

「也許是吧。」我說，但未被說服。

或許穆克吉先生說得對，我有其他事情要煩惱。如果問題嚴重，薩利姆自然會來找我，這次我就不逼他，等他準備好，自己跟我說了。

29

穆克吉先生非常聰明，他就讀過的每所學校，都是第一名畢業，而他唯一的夢想就是當老師。穆克吉先生知道，我們這群各色人等，向來難以理解較深刻的概念和不同的思維，他能說服集市委員會，相信我們需要一所學校，簡直是奇蹟。穆克吉先生的運氣不賴，父親是最支持他的人之一。後來集市的商販勉強接受了，他們的兒子若懂得算數，學習他們國家的歷史，或許會挺管用，雖然他們還是有許多人叫兒子待在家裡，幫忙顧攤子。穆克吉先生不斷的去拜訪攤販，請他們讓孩子上學，並表示孩子們的學習對家庭、他們的生意和社群都有益處。

穆克吉先生在學校對街有棟房子，比我們家大很多，有四個獨立房間，包括一間書房、縫紉間和一間廚房。屋子感覺十分溫暖宜人，窗戶開敞，金色的陽光照亮房間。地板看起來剛剛掃過，上面鋪著柔軟的地毯，編織床上的墊子剛拍鬆過，看起來很好躺。我在一張矮椅上坐下來環視，想著我們家的情形。我們那兩間霉氣甚重的房間飄著皮革、書本、灰塵和其他氣味——**我知道是什麼氣味**。我們的房中飄著死亡的氣息，但這裡的味道很不一樣，人們活在這裡。

我把頭靠著休息一下吧，等穆克吉先生回來就好。那好聞的氣味是

什麼？我記得那種味道，是媽媽最愛的……是什麼？啊，對了，我想起來了——是茉莉花香……

我感覺有隻手在撫摸我的頭，便張開一隻惺忪的眼睛，我看見一位穿白色紗麗的女子對我微笑……**媽媽？**

「比拉爾，該醒囉。過來跟我們一起吃飯。」穆克吉太太說。

我揉著眼睛坐起來。穆克吉先生坐在地板上等著，朝我招手，要我坐到他旁邊。穆克吉太太揉揉我的頭髮，也跟著坐到地板上。

「去洗把臉醒一醒，比拉爾。」她說。

我走到外頭扭開水龍頭，往臉上潑涼水。然後我們詳和安靜的吃著飯，穆克吉太太在我的盤子上猛堆食物，吃完飯後，我們全飽脹著肚子，滿足的坐回去。

我看看四周，然後看著穆克吉先生和穆克吉太太，心中深處一陣悲涼。**這就是我想要的一切，但我永遠不會擁有**。淚水刺痛我的臉頰，我喃喃表示想上廁所。我坐在馬桶上，開始思索能找什麼藉口離去。幾分鐘後，穆克吉太太過來查看我的狀況。

「比拉爾，你還好嗎？出來吧，我煮了點茶。」

「就來了。」我答道。

我走回房間，他們兩人都在等我。穆克吉太太遞給我一杯茶，然後要我坐下。穆克吉先生從眼鏡上看著我。

「爸爸會擔心我——我待會兒就得走了。」我含糊的說。

穆克吉先生看看穆克吉太太，然後挑著眉。「妳瞧，就跟妳說吧。」他說。

我來回看著兩人，皺起眉頭問：「什麼事？」

「我跟她說，你老是靜不下來，」穆克吉先生說道，「你從不會定定的坐下或站著，就算待一下，也會想自己行動，就像你現在一樣。」

穆克吉太太坐到我身邊拉起我的手。

「比拉爾，老師都跟我說了，他把你發誓要做的事都跟我說了。」她說。

「您覺得我是傻瓜，對不對？」我問。

「不，我認為你是個非常勇敢的孩子，可是這麼沉重的負擔，不該由任何一個男孩獨力承擔。」

「可是我又沒別人了。」我靜靜答道。

「你哥哥呢？他應該承擔部分責任吧——這些負擔應該由他分擔一些。」

「他有自己的事要煩，反正這件事我沒辦法跟他談——他不會理解的。」我答道。

「今天之前，你不也認為**我**沒辦法理解嗎？」穆克吉先生說，「你得試試看，比拉爾。」

「下次洛菲克回來，我會跟他說。」我答道。**意思是，如果他還會回來的話**。

穆克吉太太滿意的走進廚房，幾分鐘後出來，拿了一些讓我帶回家的食物。我發現她的眼睛紅紅的，彷彿哭過了。我從她手上接過一袋食物，低聲道謝，她將我拉到懷中緊緊抱著。

「我不會有事的，阿姨，跟你們說過之後，我現在開心多了，日子會變得更輕鬆的。」

更容易撒謊、**欺騙**，**更容易只想到自己必須做什麼**。

穆克吉先生站在門邊等我。

「比拉爾，你明天不用來上學了。」他說。

「不用嗎？」

「不用，你待在家裡弄這份報紙，我已經幫你寫好一些提綱了，但我認為應該由**你**來寫。當然了，我會幫你，但那應該是你自己的話。」

「可是老師，我根本不知道該怎麼寫新聞，我要從哪兒著手？要寫什麼？」

「從真相著手，然後從那裡開始。」他答說。

他交給我幾份最近的報紙，以及幾份加了注腳的文件。

「這些拿去吧，它們會給你一些頭緒，然後明晚我們再一起撰稿。」

我淡淡笑著往外走。

「我剛剛想到一個標題，老師。」我說。

「什麼標題？」

「一個印度！」我答道。

「那是個很恰當的標題，比拉爾。」他柔聲說，一邊揮手道別。

我走回家，感覺到長久以來不曾有過的樂觀。

30

第二天我一大早醒來，決定開始編報。父親依然睡得很香，我邊喝茶邊享受這份靜謐，可是那份平靜被大呼小叫的聲音破壞掉了。

「你這狗娘養的，我們會逮到你，你走著瞧。」

「才怪，你這顆蟑螂屎，抓得到才怪。」

我溜到門口往外偷窺，看見我哥哥背對著往後退，朝家裡走來，一邊對著街上一群男生高聲喊叫。

別把麻煩帶到這兒，洛菲克，我心想。**我們最不需要的就是咱們的**

街區出事。我小心翼翼的看著其他男生。**他們為什麼還不走？**接著我明白了，他們在等著看哥哥會走進哪間房子。我心中一慌——萬一他走進這裡，他們就會知道這是他家，將來就會有更多麻煩了。我握緊拳頭。**別進來，你千萬別進來……**其他男生向前走幾步，但動作很慢。我心中天人交戰，他畢竟是我老哥，**我應該出去幫他，可是這是他自己的問題，管他是不是我哥哥，都不該給家裡惹禍**。我還在猶豫不決，再仔細看看其他男生，他們個頭比我哥小，若要打起來，老哥也許能打個平分秋色，或甚至扁他們一頓。也許正是這樣，他們才沒敢逼向前。

接著他們撿起幾顆石頭，我哥離家門只剩幾步路了。**別進這兒來，你這個笨蛋！**他在我們家前面停住，但沒有往裡瞧，反而開始怒譙那些男生。他們生氣的朝他扔石頭，但他們離得太遠了，無法造成一絲傷害。哥哥又進一步嘲弄他們，然後撿起腳邊的石頭，同時一邊用腳輕輕往屋裡踢進一個東西。那是一顆包著紙條的小石子。

我讀了紙條。**今晚十點到操場邊的桶子後方跟我碰面**。

我溜回門邊，看著哥哥又丟了幾顆石頭後，冷靜的向右走開消失了。那些男生飆罵著去追他，**他們永遠追不上他的**，我心想。**老哥比誰都熟悉這邊的巷弄**。

我搖搖頭，又回去工作。今晚我會告訴他，他不在家，我們比較好過，我一定會讓他明白我想做什麼，並清楚的表明，他最好永遠別再回來。

31

那天晚上我朝桶子走去時，依舊怒氣難消。為什麼每次我一想到老哥，就會憤怒不已？那不是讓我想揍他的憤怒，而是一種全身性的悶痛，而且有自己的聲音。那股聲音想問他，是**什麼時候開始變的？我們什麼時候不再像兄弟，而開始變得像陌生人？**哥哥以前也把父親當成英雄，可是過去幾年，哥哥變了。他無時無刻不跟父親吵架，而且不肯回家。一開始我不了解，但沒多久我明白了。父親從不會真的跟老哥吵，而且他從不發脾氣。有一天我知道他們為什麼吵架了，因為他們彼此截然不同，就像熱與冷。老哥脾氣急，父親則一向冷靜自持。反正無論父親說什麼，老哥都要回嗆。父親越是冷靜，哥哥就越暴怒。當他們開始談論政治，情況就更糟了，哥哥就是在那時候離家的。

我發現自己差點跑起來，便放緩速度，深吸一口氣。

現在生老哥的氣也沒用，反正他已做出他的選擇了，而我有我的選擇，只要他不干擾我的大計就成了，那才是最重要的。

我走向堆堆疊疊的桶子，繞過去看能否瞧見老哥，可是那邊陰影太多，他有可能在其中徘徊。驀地有隻手伸出來抓住我的領口，將我拖進黑暗中。

「放開啦！」我大喊。

「噓，你會驚擾全鎮的人，你個白痴！」

我掙脫老哥的手，一把將他推開，然後轉身面對他。

「我是白痴？被一群混混滿街追著跑的人可不是我，把麻煩帶入家門的人也不是我，不是嗎？如果我是白痴，那你又是啥？」

老哥滿面怒容的點起一根菸，然後坐到桶子上。

「不，你當然不是了，我忘記你是聖人了，對吧，比拉爾？無敵正義聖人比拉爾，如此年輕，卻如此睿智。」他嗤道，一邊吐起菸圈。

我深深吸口氣。**想想我到這裡是要幹什麼的，要保持冷靜。**

「為什麼想見我？」我問。

老哥對於沒能讓我著惱一事，有些不悅，他拿香菸指著我。夜色深重，我望著他菸蒂上的煙，幾乎看不清他的臉。那將熄的火光，在空中畫出奇異的形狀，我聽著熟悉的哥哥聲音，小時候，同樣的聲音常為我朗讀。

「我想問問老頭子的狀況，還有你都做了哪些安排。」

「什麼安排？」我問。

「這事咱們上回談過了，比拉爾。這整個地方就要亂了，不久要出大事了。到時你可不想待在這裡吧，老頭子也是。」

「我上次也跟你說了：我哪兒都不去，老爸也是。」

「可是比拉爾，他們不希望我們待在這裡，你幹麼留下來？」

「因為這是我們的家，老哥，老爸就是在這裡長大的，這裡是我們的根。我連新巴基斯坦長什麼樣子都不知道，我們去那裡做什麼？」

「重點不在那裡，重點是——」

「那**就是**重點，反正對老爸和我來說很重要，你想去的話自己去，但我們要留在這兒。」

「你怎麼就是不明白，我現在回家很困難，可是我會設法回去跟老頭子談一談。他也許並不想搬家，但他一定會要你走的。」

「你休想回來。」我幾乎低喃的說，「不許提這件事，反正你再也不受歡迎了，老哥。」

「你到底在說什麼？比拉爾！」

老哥的語氣又驚又怒，我感覺自己的五臟六腑都揪成一團團的痛楚，那壓力害我差點叫出聲。**他必須知道，告訴他吧**。於是我說了。

＊　＊　＊

我跟老哥道出一切後，他呆坐在桶子上，努力消化一切。他手裡的香菸都燒到指尖燙到他了，才知道熄掉。老哥咒罵著把香菸彈掉，然後瞪著菸蒂。一會兒後，他又點起一根。

「你不能那麼做，比拉爾。」他靜靜的說。

「我已經做了，現在也不會停手。」我以更自信的方式答道。

「但那是在撒謊啊，比拉爾，你在騙他，那全是謊言！」老哥幾乎大嚷起來。

每次他一說「撒謊」，我就覺得心如刀割，但無所謂了，再也無所謂了。

「撒謊又如何，如果我們談的是真相——如果**你**就是真相——那麼我寧可選擇謊言。」

「可是你的良心如何能安？比拉爾？爸爸信任你照顧、看護他，相信你會跟他說實話，你怎麼可以這麼做？」

「很容易啊——我愛他，愛他勝過一切。當初你若留下來，覺得跟老爸是父子就心滿意足，那麼**你**就會了解。」

「我不了解。」

「我不在乎你是否了解。反正你別回家，別拿你的『真相』來煩我們。那太醜惡了，我們不想參與。」

月光中我隱約看出他的面容。閃動的淚水如小顆珍珠般，緩緩滑落他的面頰。

「比拉爾，沒有必要這樣……」

我在失控前別開頭，不去看他的臉。

「有必要這樣。」

我離開坐在桶子上的老哥，香菸已快燒到他的手指了。我在轉身離開前，最後的一個念頭是，如果他不小心，一定又會被香菸燙到——可是他若未能從第一次經驗中學到教訓，我也莫可奈何。

32

星期五，薩利姆和我回到辛禾先生的印刷廠，我們對自己非常滿意。我花了一整週，努力撰寫新聞稿，白天寫稿，晚上跟穆克吉先生討論。辛禾先生打開門，口氣粗爆的叫我們進屋。他接過我們翻讀到發爛的紙張，叫我們一小時後回來，等他準備好付印。

薩利姆和我在等候的時間裡，我們到屋頂陪卓塔坐下來，聽他叨叨絮絮的談著即將舉行的鬥雞賽，「但這不是一般普通的比賽，這場比賽會終結所有的比賽……」

我們答應卓塔稍後一定回來，然後返回辛禾先生的家，可是我們不像稍早時那麼有自信了。我敲敲門，屏住呼吸。門開了，靜默中傳出一個聲音。

「你們兩個，現在就給我進來。」

薩利姆把我推向前，我們走入屋裡，辛禾先生雙手交疊站著，很難分清他是否在生氣，因為辛禾先生向來臉都很臭。

「這究竟是什麼玩意兒？」他指著我們那堆紙問。

「跟您期待的新聞不一樣。」薩利姆不加思索的脫口而出。

「沒錯，**不是**我所想的新聞。這真的是你們的作業嗎？寫出這種、這種……」

說呀，說出來啊，辛禾先生，你知道那是什麼。

「這種謊言，撒這種謊到底有什麼目的，嗯？」

「我們只是想寫得與眾不同而已，辛禾先生。就像『假如』發生這種事，你知道的。」薩利姆結巴的看著我，想得到支持。

「我們有十足的理由。你能印出報紙嗎？」我打斷結巴的薩利姆，提出自己的問題。

「把這份……胡言亂語印出來嗎？不，我不會印，這是捏造、無中生有、謊言，是在浪費墨水。」辛禾先生答道，然後坐到破舊的凳子上搖頭。

「罷了。」我說著走出他家，薩利姆對錯愕的辛禾先生道歉。

我大步沿街而去，卻聽見薩利姆在後頭喊我，我停下來。

「你是怎麼了？如果好好跟他解釋，他可能會幫忙印。」薩利姆惱怒的說。

「那份報紙我寫得多辛苦啊，薩利姆。可是他說得對，那全是謊言。

也許口說的謊言，只會如風中的葉子飄逝，但是把謊言寫下來，便等於將謊言——將我們美麗的謊言——變成紀錄。」

我們聽見後方街上傳來大喊，然後看見辛禾先生朝我們邁步而來。

「你們兩個要跑去哪兒？」他粗重的喘著氣問。

「你說你不肯印，我們還有什麼好說的？」我答道。

薩利姆發出哀吟。

辛禾先生扠著腰，「這不僅是印刷的問題，你們有事瞞我。」他瞇起眼睛仔細打量我，「你是古蘭兄弟的兒子嗎？」

那瞬間，我考慮著要不要撒謊，但薩利姆用手肘頂我肋骨，我支吾的說：「是的。」

辛禾先生低聲咒罵。「咱們得談一談。」說著他把我們趕回他家，然後倒了三杯茶，要我們坐下。

「我打小就認識令尊了，他比我年長幾歲，我們一起上學。」他指著自己的印刷機笑說：「你知道是令尊幫我募款買下這部機器的嗎？不，我打賭你一定不曉得。他向來嗜書及任何印刷品如命，他堅持這座集市小鎮應該出版自己的新聞與傳單。由於當時我是唯一能寫能編的人，這事自然就落到我頭上了，可是沒有印刷機，根本就是空談。你父親說服集市委員會籌錢借我買一部小機器，於是我的生意就此誕生了。沒有令尊幫忙，我還是……我不確定我會做什麼。」

我可以感覺薩利姆的眼神盯著我，我默默朝他做口形，「**怎樣？**」他也回道：「**告訴他**。」

如果按照薩利姆的意思，全鎮的人就都會知道了。

「辛禾先生，」我開口表示，「您若真的像您剛才說的那麼了解家父，也許您能理解為何我會寫出這份報紙……」

＊　＊　＊

等我解釋完畢後，辛禾先生翻著紙頁，然後放聲大笑，他的低音狂笑在房中迴盪。辛禾先生的臉現在變得較柔和，眼神也更溫柔了。

「你確定要這麼做嗎？我對令尊的感情跟兄弟一樣，但這麼做對嗎？」他靜靜的問。

「能有別的選擇嗎，辛禾先生？」

他抬眼望著天花板，低聲祈禱：「願上師指引我們……」

辛禾先生用力扯掉機器上沾著油墨的沉重布塊，兩手扠腰，轉向我們。

「這件事就交給我吧，明天之前會印好。去吧，我得專心把這份亂七八糟的文稿排印整齊。快走。」

33

我站在三聖人面前，望著自己的腳。三位大師分別有四次想拜訪父親，但每次都被我用他在睡覺或不舒服的藉口給推走了，但這次他們拒絕離開。我知道若把實情告訴他們三位，整座小鎮一定會慢慢全都知道我在進行的好事——或謊言了。然而我若告訴他們，大家的日子應該都會更輕鬆些。我挺直身體，解釋自己下定決心去做的事。

* * *

「你騙了我們！」神父叫道。

「實在太不道德了。」伊瑪目說。

「令尊必須知道真相。」梵學家也說。

「上帝對這一切會怎麼想啊？」神父大呼小叫的說。

「我不知道上帝會怎麼說，因為我還沒問他，可是我想，我若問他，他應該能理解。」我靜靜表示。

薩利姆站到我右手邊，怒目瞪著三位聖人，曼吉特悍然的站在我們家門口，拿根小枝子剔牙。

「理解？」神父說，「可是我的孩子，這不是事實，是謊言，令尊已經快死——」

「梵學家先生，伊瑪目先生，還有神父——」薩利姆揚聲說。

「不要，薩利姆，沒關係的——」我說。

「不行，這很有關係。」他答道，站到我面前，「你們不能隨便跑來，在比拉爾家外頭做這種事，不能無故亂指責別人，不可以隨便……」

「薩……」我又試了一次。

「所以請你們走開別管我們，我們得去做我們該做的事了。」薩利姆接著說。

「上師啊，請指引這些孩子走向真相。」梵學家說。

「阿拉原諒他們……」伊瑪目說。

我感激的看著薩利姆，他對著這三位雙手緊握、心情焦急的對我嘖嘖發難的聖人咆哮。曼吉特繼續剔他的牙，一邊好笑的看薩利姆怒氣沖天的罵他們。最後我搭住薩利姆的肩，薩利姆轉過身不再吼叫了，他往後退開。我輪番看著三名男子，抬起雙手，他們便不再說話，但我可以感覺他們的反對都掛到舌尖上了。

「你們要我說實話是嗎？」我問。

三人齊一的低聲答是，並一致的點著頭。

「各位確定那是最好的方式嗎？」我問。

他們再次全部同意，身上的珠子、鍊子噹噹作響，厚重的衣布沙沙有聲。

「好吧，梵學家先生，你當初到這裡工作時，跟所有人說，你師承於德里的某知名上師，可是大家都知道你來自金奈，根本沒去過德里。」

「非也，不全是……」梵學家結巴的連忙說。

「伊瑪目，你告訴大家，令公子在重要政府部門工作，可是我們都知道他是強盜，他確實是住在巴塔里亞附近，但他並不是……」

「還有你，神父，上次有人去告解是什麼時候的事了？」

「呃，有一陣子了，最近比較清閒，我們是個小社區……」

「神父，也許這跟你一醉酒，就喜歡把你的羔羊對你的告解，四處跟願意聆聽的人說有關吧。」

「信眾，你的意思是指信眾。」神父答道。

「你知道我的意思。」我答說，「你們全都明白。」

薩利姆和曼吉特兩人站在那兒瞠目結舌看著我，我將他們推開，打開門，對三名男子招手。

「所以，請進來吧，我相信父親會很樂於聽你們的實話。」我說。

三位聖人在安靜的街道上動也不動的站著。

「如果他在睡覺的話，我們就不吵他了……」神父開口表示。

「是啊，他需要休息，我們三個老頭嘰哩呱啦的講話，對他沒有好處。」伊瑪目接著說。

「安靜，安靜。比拉爾，你代我們跟他問好，願主保佑他。」神父說。

梵學家閉起眼睛禱告，伊瑪目朝天空舉起雙手，搖擺身體，無聲的祈禱。神父數著念珠，遙望遠方。

「謝謝各位前來。」我說。

「別這麼說，我的孩子。告訴他，我們會為他祈禱。」神父答道。

目送他們離去後，我沿著牆壁滑坐下來。

「比拉爾，剛才……」薩利姆說。

「我知道人們遲早會發現我在做什麼，但我對剛才所說的話，覺得很不舒服。」我說。

「可是比拉爾，你……」薩利姆結結巴巴的想找話說。

「你把他們該聽到的話跟他們說了，比拉爾。」曼吉特低聲說，「他們若不想聽，就不該那麼做，而且他們根本就不該指使別人該做什麼。」

「謝謝你，曼吉特，你那麼說讓我覺得好過一點了。」我答說。

曼吉特點點頭，然後滑坐到我旁邊。薩利姆依然站著，努力想找適當的話，可是他翻翻白眼放棄了，也跟著滑坐下來。

「你看見他們臉上的表情了嗎？」薩利姆暗笑說。

「超好笑的。」曼吉特說。

「很難形容，就好像他們……我不會講。」薩利姆表示。

「就好像他們聽到大聲說出來的真話時，嚇了一跳。」曼吉特把話接完。

「我能理解。」我聳聳肩說。

「什麼意思？」薩利姆問。

「謊話若講得夠久，就會變得真實，謊言便不復存在，只剩下你眼中所謂的真實了。」

「像剛才那樣在光天化日下，聽到真相被說出來，一定很驚愕吧。」曼吉特答道。

「八成像被人踹到牙齒。」我同意說。

「你想，你也會有那種感覺嗎？」薩利姆問。

「不，我永遠不會有那種感覺，絕對不會。」我說。

「不過我們還是把報紙生出來了，他讀過了嗎？」薩利姆問。

辛禾先生幫我們弄了一份複製報紙，印在特殊紙張上，感覺跟真的報紙一樣。就連他對成果都很滿意——他親自把報紙送到我們家，很驕傲他自己也貢獻了一份心力。

「我打算等今晚才把報紙給老爸，讓他在睡覺前，就著燭光讀報。」我說。

「你覺得他會注意到嗎？」曼吉特問。

「應該不會，最近他睡很多，醒來時也不太確定自己在哪裡，有時他似乎把我誤認成我媽媽……」

「要我陪你嗎？」薩利姆問。

「不，不用了，回家去吧，我明天會跟平時一樣到屋頂跟你碰面。」我答說。

曼吉特和薩利姆離開後，我望著天光轉變。我走進家裡，關上身後的門，拿起報紙。父親張開眼睛躺在床上，瞪著天花板。

「爸爸，您醒啦！覺得如何？」

父親訝異的看著我。**他不確定自己在哪裡**。

「爸，我幫您拿了一份報紙。」我說。

父親回過神，精神一振，感激的露出笑容。他從我手上接過報紙，拿到眼前，在燭光中瞇起眼睛。我坐在床上，努力不在他讀報時扭動身體。等父親終於放下報紙後，他看著我，咧嘴燦然一笑。

「我就跟你說，不會有事吧，比拉爾。」他開心的說。

「您說得對，爸爸。現在一切都會沒事了。」我答道，從他手上拿過報紙，幫他備藥，服侍他就寢。

34

一個星期後，我們坐在屋頂上，市集從沉睡中逐漸甦醒。這陣子越來越少攤販敢開張了，那些開張做生意的，都是些毅立不搖，堅決維護自己正常作息的人。

正常，我心想，**什麼叫正常？我很肯定，正常不是憎恨別人，恨到你想宰殺或殘害他人。那並不正常。**

我四下張望，感受到我們這小團體中的緊張氣氛。薩利姆的樂觀向來具感染力，他頹坐在屋頂邊緣望著遠方，兩腿懸在邊緣外，卻不像以前那樣自在的晃盪。我知道他還是有事瞞我，他也有祕密，那祕密毀去了他的希望。曼吉特坐在離我們稍遠的地方削木頭，木頭已經削到節點了，但他仍心不在焉的繼續削著。他的心思也不全放在這裡。過去一週，曼吉特變得越來越封閉了，我感覺他在看我，可當我轉身看他，對他微笑時，他會別開眼神。太陽升起，大夥全沐浴在陽光下，但我們從彼此身上看到的，卻令我們全別開了頭。

卓塔從樓梯下跳上來，將我們從各自的思緒中拉回來。他輪番看著我們的臉，發現氣氛不對，但卓塔以前從不因此退縮，現在也不會。

「鬥雞今天下午舉行！那是我見過最大、最凶的兩隻鬥雞，到時會有很多人，咱們非去不可！」

削著小木塊的曼吉特停下手，低頭看著木頭，彷彿沒看過似的，他把木頭扔掉。

「鬥雞是給大人看的，萬一讓他們逮著，一定會趕我們走。」曼吉特說。

「不會啦，沒事，我叔叔會罩我們。反正到時會有很多人去，他們根本不會注意到我們。」卓塔興奮的邊回答邊跳著腳。

「這場鬥雞到底是怎麼回事？還有，為什麼會有那麼多人去？」薩利姆問。

「不知道，不過我從老旁迪切里身邊經過時，不小心聽到他跟阿南談這件事，可是我沒聽明白。」卓塔聳聳肩說。

我走到建物邊緣，俯望老旁迪切里平時所坐的地方，雖然看不清他，卻能看到他的杖子靠在桶子邊。

卓塔這會兒已經興奮到快炸了，他想把他的熱情傳給我們。

「怎麼樣？你們到底去不去？」他問。

薩利姆看看我，然後搖著頭，「會出麻煩的……」他說。

「有什麼消息嗎？」曼吉特說著站起來伸展一雙腿。

卓塔來了之後，曼吉特和薩利姆心情稍微好了些。我點點頭。

卓塔表情一亮，「希望是場精采血腥的比賽。」他尖聲說。

我表示自己要去看旁迪切里，會很快回來，在鬥雞之前跟他們會合。

我找到用一對瞎眼空茫望著操場的老旁迪切里，不太忍心打擾他。

「啊，比拉爾，別再晃來晃去啦，靠近一點。」他說著用皺巴巴的手招呼我。

我走過去坐在他旁邊的桶子上，望著他正在瞧（或沒在瞧）的東西。我從來不是很確定，旁迪切里先生到底看不看得見。

「你聽說今天下午的鬥雞比賽了嗎？」

「要不聽見都很難，比拉爾，每個人都在談。」他答說。

「為什麼？不過就是雞打架，不是嗎？」

「我們其實就像動物。」旁迪切里先生搖頭說，「我們現在就能聞到血腥味，那股腥味吸引了我們最糟糕、最陰暗的一面，令我們做出我們平日只存乎想像的事。」

「可是那跟鬥雞有什麼關係？」

「是那群暴民啊，孩子。那些暴民會到那兒，並伺機而動。」他嘆口氣，下巴埋到胸前。

「你會去嗎？」我問。

「我雖然目不視物，但我會去。」他答說。

「為什麼？」我不敢置信的問。

「因為我也只是頭野獸，如果我們就快走到終點了，我需要一點徵兆。」他低聲說，「你走吧，走了。」他出聲趕我。

「我不需要徵兆——我知道我們就快到盡頭了。」我說完，便丟下望著空蕩操場的老人。

35

回到屋頂後，薩利姆走過來站到我旁邊，攬住我的肩。我也攬住他，然後忍不住咯咯笑了起來。

「你在笑啥，矮冬瓜？」他問。

「你啊，你這個笨蛋！你最近有點陰晴不定……」

「我嗎？你還有資格說我！」薩利姆說，「老是用詭異眼神凝望遠方的人是你吧，我們老以為你隨時會開始朗誦泰戈爾或卡比爾的詩。」

我一把推開薩利姆，輕輕敲他的頭。

「噢，瞧！」我指著底下的人流，他們全都朝一個方向走去。「比賽會有很多人，薩利姆。」

「可是我們很小——我們可以很快擠到前面。」他咧嘴答說。

「我的意思不是那樣，」我望著墓園，「旁迪切里先生提到一件事，提到暴民……」

「我們若一直坐在屋頂上，永遠也不會知道他到底是什麼意思，而且穆克吉先生會陪你爸爸一整天，所以我們沒什麼要擔心的。咱們去吧！」

薩利姆跳起來奔下樓梯。

我們看著一波波的人潮，往大廣場邊的墓園走去。鬥雞已在墓園裡開賽了，向來都是如此。有一次我問父親，他說長老們認為在市集裡鬥雞不好，可是若移到墓園裡進行，就還能接受。接著父親看著我，又笑說：「那也表示，委員會的人可以去墓園跟其他人一起下注，而不會被他們的老婆發現。」

我們加入人流，立即被捲進人潮中。曼吉特跟平日一樣在前頭帶路，他的橘色頭巾在前方浮動。薩利姆緊挨在我右側，我緊抓著左邊的卓塔，阻止他分心，而消失在人群裡。我們走得很慢，因為操場開始擠滿來自四面八方的人。我們慢慢的停頓下來了，我可以感覺得到這整批人或——老旁迪切里是怎麼稱呼他們的？……暴民。我們杵在中間，哪兒都去不了。所有人全都在擺晃，強大的氣場彼此激盪。我閉起眼睛，一側的人散發著憤怒、暴力與嗜血的氣場，轉向另一個方向，則是平靜、和平與冥想。我的正前方，是一股急切、焦躁、想知道結果、無論結果為何的氛圍。

我張開眼睛，掙扎著重新適應光線與聲音。曼吉特的橘色頭巾在我前方糊成一片，然後融入人群裡。我眨眨眼，想拋開腦中奇怪的視覺景象，結果情況卻變得更糟。目光所及之處，各種顏色全混雜在一起，紅色圍巾混入白色的腰布，銀色手鐲融入了深棕色的皮膚裡，天藍色的天空與白雲相融，然後滴入人群中。那是我見過最美麗的景象。我們全部一起往前推擠移動，沒有起點或終點，就像那棵大榕樹，母樹被吞沒了，僅留下她的孩子們。老旁迪切里所說的暴民就是這群人嗎？我原以為那會是醜陋而極具破壞性的，可是我在每個人的眼中，卻只見到狂喜。

大夥開始穩健的向前挪動時，我的腳幾乎點不著地。人群穿過大門後，分化成細窄的人流，鑽入亂墳間的小徑。我們緩緩越過圓形的墓園，來到山丘下一小塊清理出來的圓型泥地旁。人群在我們面前圍攏，越聚越多。

曼吉特轉向我搖搖頭：「咱們最多只能擠到這裡了。」他說。

「我可以想辦法找路。」卓塔按奈不住的說，我鬆開他的臂膀，他擠向曼吉特，露出牙齒咯咯笑道：「跟我來。」說罷便往前推擠。

我們跟著，我緊隨在卓塔後邊，努力跟上。卓塔能無中生有的找出縫隙，遇到人牆時，便從底下一鑽或繞過去，有一次他甚至爬過一個人身上。我們盡全力趕上，但我四處都看不到曼吉特的橘色頭巾。**他人呢**？我慌張的想停下來，卻被卓塔緊抓住手，我們慢慢穿過人群了。卓塔一直等到把我們拖到前方後，才覺得滿意。

我的眼睛終於開始聚焦了，圓圈中有許多我認識的鎮民。其中一位是卓塔的叔叔，他在賽事中顯然扮演資深要員，因為他戴了黑色臂章，正在跟兩名男子說話，他們很認真的聽他講話。**公雞呢？**我四處都看不到籠子，中央的圓圈變得越來越小了，因為每個人都在往前擠，卓塔的叔叔示意幾位高頭大馬的男子，把人群往後趕。放眼望去，都能看到人們墊著腳尖，想看清發生什麼狀況。有些人帶了箱子，搖搖晃晃的站在上頭，俯望塵埃飛揚的圈子。有些比較有辦法的人，甚至堆了一墩土丘，站在上面觀看。

記得我曾讀過一本跟凱薩時期古羅馬相關的書，裡頭也有類似場景，當時的人會進競技場觀賞兩名戰士格鬥至死。這是我們的競技場，四周的墳場還挺應景的。有一瞬間我在想，不知是否所有的亡靈也在觀看。我抬眼環顧四下，感覺到某種氣氛。卓塔的叔叔不再跟兩名鬥雞主人說話了，他們雙雙轉身，消失在紛紛嚷嚷的人群裡——一轉眼就不見人影了。人擠人的力量好大，我們很難站穩，我跟薩利姆、卓塔勾緊手肘，三人緊抱在一起，因為每次都被擠得比前一次更厲害。有時人潮擠過來時，甚至連腳都會浮在半空中，碰不到地面。人群越來越不耐煩了。

兩位鬥雞的主人拿著覆蓋黑布的籠子回來了。一位在場地邊緣，坐在倒放木箱上的老人慢慢走過去站到圓圈中央，老人抬起手。這個動作傳至人群中，擴散到墓園邊緣，那是要大家安靜的意思，老人示意兩位主人將鬥雞帶上前。他們取出公雞，走向老者，大家依舊保持安靜。公雞頭上罩著黑布，對周遭的狀況渾然不知。兩名男子彼此面對面站著，等老者做出動作。老人手腕一揮，示意掀開罩布，公雞被抓在空中，群眾爆出呼叫，那聲音與怒氣把我們嚇了一大跳。兩隻被抓住的鬥雞相隔幾英寸，嘴對著嘴，瘋狂的拍擊翅膀。老人終於發出信號，鬥雞被放開了。

它們彼此相撲、撕啄。經過凶殘的第一回合交手後，兩隻雞都累了，開始繞著圈子。我望著最初揚起的灰塵開始落定，心想：**這兩隻雞長得很不一樣**。大一點的那隻雞是甘納，身體棕紅，金嘴。它趾高氣揚的走著，纏在腳上的黃色距鐵在明亮的光線下顯得暗沉無光，卻十分尖利凶險。體型較小的蘭布爾是隻純黑色的亞希爾（Aseel）品種，它深紅色的尖嘴鐘擺似的左右擺動，它的腳距很小，但參差而尖利。兩隻鬥雞不再繞圈，彼此再度逼近。甘納直攻蘭布爾的脖子，但敏捷的小公雞避開攻擊了，你已經能感受到鬥雞的模式了。大公雞繞著塵土飛揚的圈子追趕小公雞，牠彎著強健的頸子，繃緊短短的鳥嘴，準備攻擊。蘭布爾知道自己不如對手強壯，便採取應對策略，啄著甘納，然後跳開，讓大公雞把精力浪費在追逐上。那是一招險棋，因為只要挨上一次重擊，體型較小的蘭布爾就吃不完兜著走了。這是一場讓大家很有共感的比賽。

上演殊死戰的圓型劇場上，傳來群眾的喧吼，一陣陣的顫動直穿透我的背脊，他們的吼聲是最極致的宣洩。全鎮的鎮民已經好幾個星期不敢喘口大氣了，這會兒他們的心情傾倒在我四周：狂暴的憤怒，以及終於能夠釋放的塊壘。無論是何者，大家就是想見血。時間慢下來凍結住了，我看到的每一處地方，每一張臉孔和身體，都扭曲成歪斜醜陋、激烈張揚的形狀，憤怒張開的嘴中發出尖刺的聲音。這些就是我這輩子所認識的人，可是在這個競技場裡，我們成了陌生人，彷彿我們都把人性留在墓園的大門口了。

我從這場競技中別開眼睛看向遠方，視線定在老旁迪切里身上，他就在我對面，拄著枴杖，凝視著鬥雞場。我知道此時此地，眼盲的人一點好處都沒有。老旁迪切里是位說書人，他想像中的鬥雞場景，比我們想像中的糟糕多了。

薩利姆抓緊我，將我拉近。

「他們沒有停手，他們不敢冒險——對這批群眾。」他頂著鬧聲吼道。

「你這話是什麼意思？」我問。

「通常他們會中場停止比賽，讓公雞休息一會兒，可今天必須讓牠們鬥到死，鬥到死啊！比拉爾！」薩利姆吼道，眼中映出嗜血的群眾。

當然得鬥到死，今天必須至死方休。

時間僅過去幾分鐘，感覺卻像永恆。蘭布爾仍在閃躲甘納的注意力，甘納已經有點累了，牠的攻擊仍相當凶惡，卻已沒有那麼頻繁了。甘納煩亂的衝向蘭布爾，結果卻笨拙的摔倒了。好不容易逮到機會的蘭布爾撲向甘納門戶大開的背部，重重的刺傷牠。甘納喉中發出的淒厲叫聲，刺穿了人群，眾人沉默一分鐘，大公雞轉過身，首度在比賽中退後幾步。筋疲力竭、身受重傷的甘納拖著腳步斜側繞著，小心翼翼的緊盯蘭布爾。我可以感覺心臟在胸口上狂敲，群眾像煙花似的，突然再次炸開。這場比賽就像暴民的每場戰役，對抗貧窮、對抗困苦、對抗命運。每次別人告訴他們：「事情就是這樣，認命接受，要知足常樂。」他們就起身對抗。

趾高氣昂、更加自信的蘭布爾現在反過頭來追著甘納滿場跑了，甘納痛苦而蹣跚的拉開攻擊距離，蘭布爾豈肯善罷甘休，他不斷攻擊甘納的脖子和背部。群眾感覺比賽已接近尾聲，便往前推擠，我們再次被擠到雙腳離地，感受群眾的焦慮與憤怒。蘭布爾上下點著頭，尋找致命的一擊。兩隻鬥雞彼此相撲，試圖施展決定勝負的出擊。甘納在匆忙間，孤注一擲的施出最後一擊，狠狠擊中對手。蘭布爾畏戰一縮，火速轉身，終於看到甘納脖子上的破綻，便拚盡全力，撲上一啄。兩隻雞都轉身退開了，甘納的黑羽上滴淌著殷紅的血。蘭布爾筆挺的站著，睥睨著搖搖晃晃的甘納倒在塵土上。群眾歡聲雷動，響徹天際，消息像野火般傳遍開來。蘭布爾用兩根細腿蹣跚而行，然後緩緩抬頭看著競技場，牠退後一步，側倒下來。我放開薩利姆與卓塔，朝前走了一步，然後雙膝一跪。**不！**我看到蘭布爾的眼睛朝天空張著，閃動著珍珠般的光色。

36

蘭布爾倒下的消息傳遍人群時，我轉頭看到身後的人浪散作成千百個小個體。卓塔一頭撞在我身上，身後緊跟著薩利姆，圍觀的人群開始散開了。我抓住他們兩人，三人七手八腳的逃離人群的攻擊。我看到蘭布爾的主人把牠捧在手中搖著，到處都有人在打架爭執。老旁迪切里仍站在原地，我拖著卓塔和薩利姆，朝他跑過去。

「旁迪切里先生，咱們得離開這裡！現在就走！」我告訴他說。

老先生轉向我，溫柔笑說：「不，我必須見證此事，比拉爾，因為我是個見證自己罪孽的人。你們快走，還有，別回頭，千萬不要回頭！」他揮著手走開了。

我尖聲喊他，叫他停下來，可是他沒有轉身。

薩利姆抓住我的手臂將我拉開，帶領我們朝墓園大門的上坡走。

我的視線又飄盪起來了，色塊之間開始彼此相混——卻再也漂亮不起來，變得十分醜惡。人們拿石塊和石子互擲，有些人折下樹枝用來擊打蜷在泥地上的人。我們攀過墳墓，看到其他挾帶刀子和彎刀的人，正在揮砍逃逸者身上的布塊。殷紅的血滲穿了白色的棉布，剎那間，相混的顏色又變得漂亮起來了。

山丘的坡度越來越陡了，我們得手腳並用的往上爬。我們聞到了煙氣，攀爬時，我的腿被一隻手抓住了。

「救我，救救我！我不想死。」有個聲音慘叫著，可是我看不到他的臉，只看得到那隻從土裡穿出來抓住我的手。

卓塔大聲喝著踹那隻手，我也奮力踢著，想將它甩掉，並望著手消失掉。卓塔推推我，我們繼續攀爬，結果卻看到一片火。我們緊附在泥濘的山坡上，轉頭看到一片人間煉獄。遍地火起，黑煙滾滾，人們趴在地上，朝著他們那些一動也不動、躺在墓地之間的親友身上爬過去。其他人在濃煙中追殺受害者，找到時便施以重擊，直至他們不再慘叫。我的視線仍在鮮血與煙氣之間飄移，我看到顏色大量湧現，到處都是散開的花朵。紅色玫瑰混入黃色的花朵，白色花瓣陷入棕色的泥地，粉紅花瓣被踢入空中，落在一動也不動的屍體上。我抬頭看到卓塔和薩利姆站在我上方。

「那不是夢，對嗎？」我喃喃說，「我是不是昏過去了？」

薩利姆將我拉起，然後點點頭。「我想是吧，我們才轉身，你就躺在地上了。」

卓塔爬上山丘，對下方的我們吹哨。「上來吧，我們快到頂了，看起來很安靜。」他揮手要我們上去。

薩利姆把我推向前，我們兩人爬到卓塔所在的地方，卓塔把頭伸出矮坡邊緣窺看，在一片灰濛中，幾乎看不出還有人活著。

「你們覺得——」卓塔才開口，就被薩利姆制止了。

「噓！那是什麼？」

大夥豎耳聆聽，都聽到了正前方傳來的搔刮聲。有個人影突然出現，但一下又不見了。**在那兒！**我們右邊又傳來抓耙的聲音，接著另一個人影出現了，他的手扶著頭，消失在滾滾濃煙裡。此時我們可以聽見四周傳出各種動靜，以及從人類喉頭擠出的聲音，抽噎、呼痛和慟哭聲，穿過幽暗而來。

卓塔縮起身子摀住耳朵。「是快死的貓還是什麼嗎？」他苦著臉問。

薩利姆攬住他，什麼都沒說，然後他看著我。

現在怎麼辦？

我們沒得選擇，只能穿過這片慘霧。薩利姆仍盯著我，他鐵了心，咬緊牙關，大口吐氣。他取下頭巾，撕下長長的布條，然後把我們拉近。

「把這個綁到你們腰上，那樣我們就不會分散了。現在已經不遠了，別停下來，不管發生什麼事，繼續走就對了。」薩利姆再次堅毅的踏出一步，將我們往前拖入黑暗裡。

我們立即目不視物，三人努力小心的翻越、繞過墳墓，磕磕絆絆的慢慢往前走。黑暗的四周不時有忽現忽隱的身影，感覺上我們走了好久，可是在屏氣凝神的狀況下，實在很難測度時間。

薩利姆突然停下來，示意我們跟著停住。他單膝跪下。

「我們好像迷路了。」他垂下頭，「我們應該要接近通向墓園主區的小路，可是我根本不知道我們現在在哪裡。」

「不能怪你，煙氣不久就會散開，我們應該能看見要去的方向。我們若在這裡坐個一分鐘，也許……」

我話才出口，便意識到那是個爛點子。遲早會有個幽靈撞見我們，然後天知道他們會幹什麼。薩利姆也明白這點，他再次挺起身體。

「我覺得我們最好持續前進。」他說。

三人小心翼翼的往前走，慟哭聲現在離我們更近了，並持續在我們耳中迴盪。卓塔彎低著身子，眼神左右飄動，試圖找出每個聲音的位置。我從未見過他如此慌亂，薩利姆已經把速度放慢到爬速了。一名男子衝著我們奔過來，他尖叫著穿過濃煙，我們驚恐的看到他扶住自己的臉——或此刻殘存的臉部——他的肉都燒焦起泡了。薩利姆連忙將我們從男子的路徑上拉開，我們望著他飛奔而過，衣服上還冒著煙。男子消失時，他的慘叫混雜著慟哭，變成令人難忍的噪音，我們三人全跪下來摀住耳朵。等我們再也聽不到他的慘叫後，薩利姆和我站起來，感覺到把我們綁在一起的布條一扯，因為卓塔仍蜷在地上，眼神驚恐萬分。

「卓塔？卓塔？沒事了，那個人離開了，我們可以繼續走了。」我說著跪回他身邊。

「去哪裡？這不是我們的世界，我們要去哪裡？」他問。

「好吧，好吧，我們在這裡等一會兒，好嗎，卓塔？」我安慰他說。

卓塔曲起膝蓋，坐著前搖後晃，瞪大眼睛搜尋灰濁的四周。薩利姆仍站著往煙氣裡盯，試圖找出墓園的大門。我感覺腰上的布被人用力一扯，我將他拉了回來。

「怎麼了，薩利姆？你瞧見什麼了？」

「我……我覺得好像看到某個人，可是他又不見了。」他答道，「他又來了！旁迪切里先生！旁迪切里先生！在這邊！我們在這邊。旁迪切里先生？」

老旁迪切里在瀰漫的煙霧中現身了，他拿杖子掃著前方的硬地。

「薩利姆，孩子，是你嗎？」他停在我們面前問。

「旁迪切里先生，我們迷路了，不知道出口在哪裡。」我很快的說。

「比拉爾也在啊，還有誰跟你們在一起？」他問，一對盲眼落在卓塔身上。

「卓塔也在這裡。」薩利姆答道。

「你們不能在此停留，根本料不準誰在作亂，快跟我來。」

我們七手八腳的爬起來，緊跟在旁迪切里先生後面，他一邊帶路，一邊用杖子輕敲折斷的枝子、大石頭和裂掉的墓碑。四周依舊鬼影幢幢，但慟哭聲隨著我們的推進而漸漸淡去了。陡然間，墓園大門便出現在我們上方了，大夥一股作氣穿過去，鬆了一大口氣，覺得渾身倦乏。

「有人潑了一大桶油，然後放了火。」旁迪切里先生喃喃自語說，「地上那麼多的乾樹叢……」

「你是怎麼逃出來的？」我問。

旁迪切里先生嘆口氣，「我是個老人了，比拉爾，我的朋友不是埋在地裡，就是撒落在四面八方了。」

「我不明白——」我說。

「等你老了，孩子，你唯一能拜訪朋友的地方就是墓園，我到墓園很多年了，熟到塞住嘴蒙著眼倒著走，都能找到出口。」

等我們來到市集廣場後，旁迪切里先生找到陰暗處平日裡所坐的桶子上坐下來。他望著遠方搖頭。

「我還聞得到煙氣。」他低聲喃喃的說，「去吧，不久這整片廣場也將滿是或死或活的鬼影。」他咬牙說，然後揮著杖子，「回家去吧！」

37

我們不理會旁迪切里先生的建議，逕自跑向我們的屋頂，衝上樓梯，然後癱倒在破舊的米袋上。我們都知道這裡是曼吉特會報到的第一個地方，大夥默默坐著，思索剛才的所見所聞。幾分鐘後，正當大家懷疑曼吉特到底會不會出現時，他的橘色頭巾從門口冒出來了。看到他滿布著血跡的白長衣，我們全跳了起來，薩利姆率先衝過去抓住他的手臂。

「曼吉特，這血是？」

「這……不是我的血。」曼吉特答道，朝一袋米上撲倒。

「發生什麼事了？」我問。

「我跟你們走失後，就盡可能擠到前面，我幾乎就在你們對面，我試著喊你們，但聲音都被鬧聲蓋掉了。當聚集的人群散去時，我們那一側便亂起來了，我拚命逃，看到很多人倒下，然後被人群踩踏。我想找你們，可是場面太混亂了，我根本不知道你們是否還在同一個地點。我看到有人潑倒一桶桶的油，然後放火燒山。火牆就在我正前方，我想我若繞過去，便能找到路離開墓園。我知道我得爬上山丘，可是那表示我得穿越火牆，可是煙氣濃到我連五碼外的情況都看不到。人們衝向大火，直接躍過火焰。我往後倒退幾步，然後朝著大火奔去。我穿到另一側時，並未傷得太重，可是卻看到……那實在……太可怕了。」

曼吉特停下來，緊緊閉起眼睛，並用指節按住自己的太陽穴。「人們拿著棍棒刀子彼此相殘……燒死對方……我想逃，可是他們提著刀棍不斷朝我衝來……我**必須**自衛……我還能怎麼做？」曼吉特抬頭看著我問，一對充滿血絲的眼睛，像又見到了之前的惡夢。

我坐到他身邊，攬住他的肩。

「什麼也不能，那不是你的錯，曼吉特，你沒有錯。」

「比拉爾說得對，你逃出來了，那才是最重要的。」薩利姆說。

「可是我若不……他們便可能殺掉我……他們看到我的頭巾，便叫罵著對我衝過來，我甚至認得其中一些人……我還能怎麼做……？」曼吉特再次發問，懇求我能給他一個能夠聽得進去的答案。

我想不出什麼話，曼吉特殺了一個人，但他依然是我的朋友。我想幫他，說些能讓他心裡好受一點的話，可是我卻只能坐著攬住他，聽他低聲哭泣。

空中依然濃煙彌漫，我們默默坐在屋頂上，各自懷想可怕的心事。不久我們聽到鎮上開始傳出哭嚎。

曼吉特站起來，用一對淚眼看著我們，他喃喃自語的走向樓梯，頭也不回的在我們還來不及阻止前便消失了。

薩利姆從大樓邊緣望出去。

「曼吉特好像要回家了。」薩利姆逕自說著便轉向我，深吸口氣，「看來我最好也回家，我媽會擔心。」

「是啊，我們應該都回家去。」我恍惚回答。

薩利姆走到卓塔旁邊，將他拉起來，然後推著他。

「我晚點再跟你們兩個碰頭。」我說。

「我看看今晚能不能溜出來。」薩利姆答道，一邊扶著一臉茫然的卓塔。

「薩利姆……」我說。

「好啦，我知道，我們稍後再談，先回家去吧，你爸爸若是醒了，會懷疑你跑哪兒去了。」

「也許你說得對。」

「我們稍後再見面。」薩利姆扶著卓塔，消失在門口。

我看著他蹣跚的走下樓梯。

38

翌日，我們全坐在屋頂上，望著一片死寂的市集。有道記憶隱隱浮現，我想起在百科全書中見過的動物屍體照片，殘骨上還掛著撕爛的肉片。我閉上眼睛，回想書中接下來的內容，在獵食者飽餐過後，接著湊上來的是面帶奸笑、專吃腐肉的土狼。獵食者來過了，我們小鎮的屍骸晾在了所有人面前。我仰望天空，看到雲朵漸漸聚集。**接下來是什麼？吃腐肉的動物嗎？**我從沒聽過土狼的叫聲，但我看過土狼群的照片，知道那畫面很醜惡。

我環顧屋頂四周，感覺我們已不再是以前的同一批人了。

曼吉特背對市集而坐，回避面對墓園，也許他希望看不見墓園，便能學會遺忘那場鬥雞和大火。他戴著頭巾的頭低垂著，我發現明豔的橘色頭巾已失去原有的光華。

卓塔坐在平時的地方，雙腳在屋頂邊緣外垂晃著。雖然一切已經改變，但卓塔拒絕改變。

薩利姆坐得離我最遠，我想走過去坐到他身邊，問他是不是出了什麼事，讓他把心事告訴我。可是我累了，疲於承受自己的祕密，無心分擔他的。當時我若知道，一定會走過去坐到他旁邊，攬著他，跟他說話。也許我們還可以最後一次一同歡笑，可惜時機稍縱即逝，那時我並不知道，我再也見不到薩利姆了。

39

我開始痛恨自己兩件事，都不是一般的事項。我並不想長得更高、更帥或更擅於打板球，可是有兩件事，我真希望不是與生俱來的。

首先是我對他人的善感。不知有多少次，我原本開開心心，卻因為對周邊的人極度敏感，而敗了自己的興。我常坐著觀察他人的表情、手勢與眼睛嘴巴的細微變化。有時我坐在朋友或家人之間，甚至不覺得自己真正在場，只是在扮演所有人的情緒管道。第二點令我痛恨的，是我「善於」察覺弦外之音。聽出話外話是我的專長，於是預感隨之而來。**預感**，這是我最近學會的說法，預感是我隱隱作痛的胃，是我眼中的疼痛，是壞事即將來臨的強烈感覺，但卻只有我能感受得到。就在今天，我了解了一件事——原來這兩者是相關的。

我去薩利姆家途中，想像著請求醫生用手術刀，切掉我那兩個鮮明的特質。我感覺醫生劃下第一刀，掀開我的頭頂，露出我的腦子。腦子上畫著清晰的標記，能安全的移除。那樣醫生便可以除掉那兩個討厭的東西，然後把我的頭皮蓋回去，我就自由了，不再老是會察覺到身邊的一切，不再每天擔心會有衰事發生，自由自在的活著。

我搖搖頭，甩開這個念頭，深深吸氣，繼續朝薩利姆家走。這地區的屋子幾乎層層相疊而建，此時卻安靜得極不自然。一名老婦獨自坐在她的屋側洗衣服，我駐足看她拿衣服朝一顆突石上摔打，往死裡搓揉。老婦把衣服丟到一旁，拿起另一件衣物，那是一件白紗麗。婦人把紗麗舉過頭，準備往石頭上拍，當她把衣服往下摔時，卻嘎然停住了。婦人將紗麗抱到胸口，當她抱著皺成一團的布塊時，我看到白紗麗上染著血。

我走向薩利姆家的空地，心情沉重如鉛。**我為什麼要來？我知道會發現什麼事，但我還是來了。為什麼？因為我必須知道，我總是非追究清楚不可，無論事情變得多麼糟糕，我必須親眼看到。**

我穿過門口，裡頭沒有半個人，薩利姆和他家人已經走了。

他們沒留下什麼東西，僅有幾個陶罐、一個破掉的舊行軍床，以及靠在遠處牆上的幾匹灰藍色的布料。這就是薩利姆的祕密，他好幾個星期前就知道他們家準備搬走了，可是他卻瞞著我。現在回想，我可以記起他有哪幾次試著想告訴我，但我沒把心思放在上面。

我走到庭院的井邊，然後走到小路盡頭。我們在這裡度過夏日，幫附近的人家打水，彼此潑溼，享受清涼。我們就坐在這兒做功課，在菩提樹蔭下休憩。我抬眼看著樹，瞇起眼睛，看我們的小窩是否還在。我攀上樹幹，撥開枝子，小樹屋還在，那是用竹子跟一些繩線繫製而成的。我跪下來，爬入箱子般的樹屋裡，然後望著外頭的小院。我把身體蜷縮成球，將臉埋到飄著霉味的稻草中，心想，不知是否有人聽到我的哭聲，但那是個蠢念頭，我明知道沒有半個人留下來聽得到了。

40

一隻鴿子竄入天際。**有人來了**。我搖搖晃晃的走上我家對面的二樓建物，爬到屋頂往下看著迷宮般的屋舍，我看到幾條街外，在我家屋頂看哨的卓塔，對我揮舞雙臂。我也揮著手，想看清楚是誰朝我們家走來。無論來者何人，他真的很會挑時間——天幾乎要黑了，街上幾乎沒點燈。**在那兒！**一抹白影掠過，那人跑得好快，在街上忽現忽隱。**又出現了！**那人熟知此地的巷弄，所以速度十分輕捷。卓塔還在瘋狂揮手，做著奇怪的動作，然後指著我。**他在幹麼？**

我很快走下建物一側，跑過去站到我家門外。不管來者何人，我都得應付他們。我垂眼看著漆黑的街道，然後瞇起眼睛等待。有隻手搭住我的肩，我吃驚轉過身。

「過得如何，小弟？」

「幹什——」我正要開罵。

「噓！在你開始亂說話前，咱們先進屋。我確定沒人跟蹤我，就算他們想跟，現在也已經跟丟了。走！」老哥說著走進屋裡，我沒來得及攔住他。

我尾隨他進屋，抓住他的手。

「你在這裡做什麼？我們不是約好，你不能到這裡給家裡惹麻煩嗎？」我壓低嗓子說。

「不對，是**你**決定我不能來這裡，我從來沒有同意過這件事。好了，別生氣了，你冷靜冷靜。我只是想很快的跟老頭子講點事。」老哥答道，往前走一步。

我抬起手，站到他前面。

「不行，爸爸在睡覺，如果你想跟他談搬家的事，你最好離開。爸爸不需要聽這種事，我也不需要。」

我哥退開一步，然後點了根菸。

「外頭的情況越來越嚴峻了，比拉爾。你以為你還能在這裡待多久，不會被暴民找到，轟你出門？多久？」他在空中揮著香菸問。

「多久都無所謂，我們哪兒都不去。這是我們的家，是爸爸……」我猶豫了起來。

「說啊，這是爸爸即將去世的地方。」老哥說，「而且他死時根本不知道真相。」他喃喃說著，用他被尼古丁染黃的手指著我。

「你懂什麼屁真相？你代表什麼真相了，哥？用棍子敲爆別人的頭，根本不是我所知道的真相。你希望我跟老爸說的就是那種真相嗎？我親眼看到發生什麼事了，如果那就是真相，我才不要。」我咬牙吐出這番話。

「少用那種高高在上的態度跟我說話，比拉爾。你以為自己是正義天使嗎？以為你凌駕我們這些必須活在流血與泥土裡的人嗎？你並沒有，你只是找到另一種方式去面對眼前恐怖的狀態罷了。你跟我們一樣，跟我一樣，這場謊言就是你的煉獄，正如外頭的真相，就是我的地獄一樣。」

老哥的話像小小的剃刀般，用不同的方式割傷我。我彷彿看見自己動也不動的張著嘴，被老哥的話嗆得瞠目結舌。他站在那兒，黑色的眼眸像燃亮的炭火，嘴巴還做出可怕的形狀。老哥意識到自己剛才說的話，他抬起手，卻說不出半個字。我好想走過去抱住哥哥，告訴他不會有事的，我們都會很好，可是我辦不到。我們之間雖然僅隔著幾碼，感覺卻像一道峽谷，我們相隔兩端，彼此相望，這道鴻溝太寬太深，搭架的橋梁正在焚毀。

淚水刺痛我的臉頰，我抹著臉，大口吸氣。

「你說得對，你說的都是真的。」我的聲音輕若呢喃，我指著另一個房間，「去吧，爸爸應該知道真相，但我沒辦法告訴他，我揹負這個謊言，感覺像過了好幾輩子了。幫我個忙，讓我們兩人都別再受苦了……」

我垂下頭從入口走開。

哥哥向前走一步，然後停下來。**去說吧，拜託，老哥，去說吧**。我可以感覺他在天人交戰，他又走了一步，然後走進另一個房裡。

* * *

哥哥出來時，臉色十分蒼白，原本明亮的眼神有如死灰。他扣住我的頸背，將我拉向他，兩人額頭相抵。小時候，哥哥會靠向我，我便自動停下手上的事，用額頭去碰他的，像兩顆磁鐵似的彼此相黏，然後兩人就會哈哈大笑。這回並沒有笑聲，但兩人都淡淡笑了笑。哥哥鬆開手，很快的走出家門，鑽入巷弄裡。我目送他離去，看著一抹白影在黑暗中忽隱忽現。

等我再也看不到老哥後，我坐到父親床邊的凳子上。睡夢中的父親嘟囔著翻過身，然後張開眼睛。

「比拉爾，我剛才夢見你哥哥來看我。」

我拉起被子，將他緊緊蓋住。

「那只是作夢而已，爸爸。」我答道。

「我還以為有可能是他，他就坐在這裡，撫摸我的頭好一陣子，然後他靠在我耳邊低聲說話。」

「他說了什麼？」我無奈的問。

「他說他很抱歉。」父親回答。

「他就說那些嗎？」我問。

「就那樣而已。你覺得他為什麼要道歉？我試著阻止他走掉，想讓他解釋，可是他就走了。」父親說。

「我不知道，爸爸，可是我很高興他來過。」我答道。

「我也是，比拉爾。」父親睏盹嘆道，「我也是。」

41

他看到我了，我很確定。我把藥緊揪在胸口，僵立原地。街上空無一人，只有暴民會在巷弄裡遊蕩，把人們燒死在他們家中。我好不容易逼拉加瓦羅開門給藥時，卻被人瞧見了。

我鑽入巷子裡。**那是什麼？**有腳步聲靠近，**有人發現我了，如果他繼續往這個方向走過來，必會撞見我。我必須離開，就是現在。**我深吸口氣，衝向前，開始頭也不回的跑了起來。我聽到喊聲，便低頭開始狂奔。我熟知這些街道，**我遲早會在錯綜複雜的巷弄裡將他甩開。**我往左轉，接著右轉，再左轉，試圖拉開彼此的距離。

可是那人緊追不放，還破口大罵。「你儘管跑呀，臭老鼠，我還是會逮著你的。」

我認得那個聲音！我不顧一切的跑進迷陣般的街弄裡，假裝要右轉，卻轉身衝往左邊，希望藉此甩掉他。我奔向幽暗的深巷裡，出來時，已聽不見跟蹤的腳步聲了。前面有四條通往不同方向的巷弄，我停下來，大口深吸一口氣，我聽到腳步聲從後面的巷子傳來。**快選啊，比拉爾！**我往左衝下一條窄巷，巷子窄到我必須側身疾走，並用手推拍牆壁，往前移進。我衝出巷子口，來到一塊四面都是高牆的地方。我跑到一側抬頭一看。**太高了！**我被困住了。我緊貼在牆上，**他有看到我跑往這個方向嗎？**我沿著牆壁滑坐下來，曲起膝蓋用手抱著等待。

幾秒鐘後，那人衝出巷子的窄口，猛然煞住，看到角落裡的我。他笑了。

「差一點哪，小混蛋。」他喘著氣說，「你差點把我甩掉，可惜本人就是在這個街區長大的。」那人挺起身子向我踏近一步。

我站起來。

「你想對我怎樣？」我靜靜的問。

「想對你怎樣？沒想怎樣，我不想跟你有任何關係，或拿你什麼東西，臭老鼠。我只想把你從這地球表面上除掉，你這個穆斯林人渣。」他不屑的嘶聲說。「我知道你老哥，他傷了我兄弟，他已經從我手下逃掉好幾次了。當我聽說他有個弟弟時，我知道那是導師送來的禮物。」他又向前踏一步，從口袋取出一個小瓶子，然後看著我獰笑。「你知道這是什麼嗎？臭老鼠。是油啊。」他把手探到口袋裡掏出火柴。「你知道這些是啥吧？」

我退後一步，驚駭的看著他。即使在我耳聞目睹過所有事情後，這還是超乎我所能預料。

「你就快被活活燒死了，小混蛋，我要聽你慘叫，然後我會去找你老哥，把他也燒了。」他說著向我逼近，把油潑到我身上，我的襯衫全打溼了，接著他拿著火柴，開始狂笑。

「住手！」空地開口傳來一個聲音。

我們兩人雙雙扭頭，看到曼吉特大步朝我們走來。

「若不是你的卡拉鐲（譯注：kara，錫克教徒所戴的鐵製手鐲，提醒教徒遵循教義）掉在入口，我永遠也找不到這個地方。」曼吉特說著拿出一只銀鐲子。

拿火柴的男孩困惑的看著曼吉特。

「薩司阿卡（譯注：Sat Sri Akaal，錫克教徒間的傳統問候語，意為『至高無上的真理』），兄弟，你在這裡做什麼？」男孩問。

曼吉特看看我，然後回頭看著男孩，又踏近一步。他比這名男生高出許多。

「他是我朋友。」曼吉特靜靜的說，「把你的火柴收起來，然後離開，別跟他打。」

「可是他是臭穆斯林，他哥哥傷了我們許多人，我這是在報仇啊。」

「不行，現在就給我滾。」曼吉特重複道，再踏近一步，站到男孩面前。

男孩怒容滿面的後退低吼：「如果我不肯呢？」

曼吉特動也不動的站著，用眼神盯住男孩。「你若不肯立刻離開，我就把瓶子搶過來潑你的臉，放火燒了。我只潑你的臉，我以導師為誓。你看我敢不敢！」

男孩拿著火柴的手顫了起來，他憤慨的瞪著曼吉特，然後極不情願的放下火柴。

「我認識你的兄弟。」男孩說，「我若告訴他們，他們會怎麼想？」

「去跟他們說啊，你以為他們會站在你那邊嗎？如果他們沒拔掉你這個王八蛋的鬍子，我頭給你。」曼吉特憤然說道，把手鐲扔在他腳下。

「趁我還沒大發雷霆之前，快給我滾！」

男孩繞過曼吉特，避開他。他再次怒目看我，然後從視線中消失。

曼吉特轉向我嘆口氣說，「你還好嗎？」

我彎下腰開始嘔吐，我呻吟著靠在牆上撐住自己，我抱著肚子，把眼中的淚水眨掉。

「不好，不太好，可是我很高興看到你，曼吉特。」我氣喘噓噓的說。

慢慢恢復後，我站直身子看著曼吉特。我們兩人都沒說話，彼此間是尷尬的沉默。

別說出來，曼吉特，你不用說出來。

「比拉爾，我沒法再跟你見面了，我家人認為……穆斯林……」

頓時，一股怒火油然而生。

「那你呢，曼吉特？你怎麼想？你了解我，我不是穆斯林，我是比拉爾，單純的比拉爾。」

曼吉特握緊拳頭，繃緊下巴。「不是那樣的，我——」

「那到底是什麼？你跟我到底有什麼不同？」

「一切都變了，就像你說的，情勢在變。當時我們還搖頭嘲笑你，可是情勢改了，你說差異在哪兒。我家人叫我應該參與抗爭，我應該帶著刀子……放火燒人……」

「可是你怎麼想？你說！」我慌急的問。

「我怎麼想並不重要！」曼吉特吼道，面色一凜。「你還不明白嗎，比拉爾，你真以為這一切是有選擇的嗎？我們只是小孩子，我們對任何事能有什麼選擇？你以為你能掌控嗎？你才掌控不了。無論你做什麼，你的選擇早就被奪走了。也許你以為控制權在你手上——有的時候或許是吧——但重要的事，重要的情形，比拉爾，你是沒得選擇的。」

「一向都是有選擇的。」我喃喃說，看著暴風將至的天空，我的心像艘沉船，悲傷的情緒快速淹漫，光用雙手舀出去，根本趕不及。「你明知道會給自己惹麻煩，卻還是選擇來找我了。」

「我永遠會是你的朋友。」曼吉特沉聲說，「只是我們不能當朋友，我很抱歉。我得走了。」

曼吉特直視我，往後退開至巷口。我看著自己熟悉的橘色頭巾一閃，從眼前消失，飄出了我的生命。

42

集市委員會主席朗帕卡斯・崗瓦拉站在我家門外，不安的挪蹭著腳。

「很對不起，比拉爾，對你，對於本鎮。令尊以前……令尊是最棒的人，也是位很好的朋友。」他說。

「謝謝您來，崗瓦拉先生，很抱歉家父身體不適，無法見您，但我知道他會很高興知道您來過。」

「是的，但願如此。」他答說，「比拉爾，有個傳聞說，令尊……我該怎麼說呢……？」

「崗瓦拉先生，是什麼傳聞？」我問。

「呃，聽說令尊並不知道——或並未察覺——呃……目前的態勢。是真的嗎？」

我直視崗瓦拉先生，他也定定的回望著我，我們兩人都不願意，或無法調開眼神。

「沒錯，是真的。」我答道。

崗瓦拉先生緩緩的搖著頭，搔著鬍子，他拿出手帕輕輕拍拭自己的額頭。兩人之間的沉默變得十分凝重，像片沉厚的披風般橫在我們之間。崗瓦拉先生把溼掉的手帕折成小方塊收入口袋，然後看著我身後打開的門。他大聲清著喉嚨，張嘴想說話，卻吐不出半個字。他鼓起勇氣站直身體。

「沒錯。真相畢竟是給活著的人用的，告訴他……告訴他我祝福他，比拉爾，我最虔誠的祝福。」說罷他向後轉身。

「我會的。還有，崗瓦拉先生，您今晚要開放音樂廳給舞蹈表演用，是真的嗎？」

「那應該是祕密才對。」他嘆口氣，「可是我想，本鎮大概是不會有祕密的，比拉爾。」

「是真的嗎？」

「是的，我們幾個可憐的笨老頭，覺得應該在……在我們依舊是統一國家的最後幾個小時，對我們國家致敬，致我們的印度。」崗瓦拉先生沉重哽咽的說出這幾句話。

「原來如此。」我回道。

「我很希望令尊能夠到場，可是在這種情況下，他最好別……」

「是的，他最好別去。」我同意說。

崗瓦拉先生踏前一步，搭住我的肩膀摁了摁。「沒錯。」說罷便走開了。

＊　＊　＊

我本該隻字不提，結果卻在屋頂上跟卓塔會面時，跟他說了。卓塔立即跳起來，還將我一併拉起。

「我不想去，卓塔。」我嘟囔說。

「幹麼不去？」他興奮的跳著腳問。

「因為爸爸已經快要臨終了，卓塔。我們的鎮也快完蛋了，我根本不想去看什麼舞蹈。」

卓塔不再亂跳，他來到屋頂邊緣，望著遠方。

現在他見識到我原本的模樣後，我能對他說什麼？沒有熱場子的薩利姆，或讓一切保持平靜的曼吉特，就只剩我和我的悲愁了。

「聽我說，卓塔……」

「沒關係，比拉爾，其實我也沒那麼想去。我只是覺得去看舞蹈，能讓你在午夜前，心情稍微輕鬆一些。」他說。

我走過去坐到他旁邊，俯望荒涼無人的市集。

「現在市場裡只剩下老鼠了，經過市場時，都能聽見牠們竄動和吱吱叫的聲音。有些老鼠跟我的手臂一樣長呢！」卓塔說著抬起臂膀對我揮著。

「幸好你的手臂很短，要不然我真會擔心死。」我笑著答說。

我仰頭望天，意識到這是太陽最後一次於現在的印度沉落。明天太陽將在另一個印度升起，一個永遠改變了的印度。「**可是我還在這裡，印度。**」我好想大吼，「**我還在這裡啊。**」

「舞蹈什麼時候開始？」卓塔靜靜問道。

「聽說太陽一落山就開始，午夜前結束。」我答說。我橫下心，搭住卓塔的肩說：「好吧，我想醫生很快就會去我家，我先去留張紙條，請他看顧爸爸，並告訴醫生，我們會在午夜前回來，然後我就跟你去看舞。」

卓塔燦然的用手肘推我的肋骨，我想打他，可是他跟平時一樣敏捷，我根本打不到。

43

那天晚上卓塔帶路，他跳著步子往前進。**卓塔總是向前衝**。他回眸望著肩後，不斷停下來等我趕上。我一趕上，他就又往前走。我並不急著去任何地方，尤其不著急去我們不太可能進得去的音樂廳。

音樂廳在小鎮另一頭，一棟老舊的大房子裡，那是以前地主的房子。房子已經舊了，但今晚金色的燈光流洩而出，染得整棟白色建物生氣盎然。我聽到鬧聲從開著的窗戶中傳出來，便停下腳步。卓塔探詢的回頭看我。

「也許我們應該先等幾分鐘，等確定能偷溜進去，不被看到？」我建議說。

卓塔抽抽鼻子，「如果我們這樣等著，就會錯失開場啦，比拉爾。如果我能帶你從別人都不知道的地方進去，你會跟來嗎？」

我看看卓塔，看看房子，抿起嘴。我很了解卓塔，也許他真的有別人所不知的通天辦法，可以溜入屋中，但他也有可能撒謊。

「好吧，可是你一定要盡量安靜。」我答說。

我們繞到屋子後頭，四周大樹輕柔的沙響聲提醒著我，我們已離開小鎮的鬧區了。卓塔示意要我低下身子，我們手腳並用的爬著，直到來到一扇窗戶下。

「我們可以從這扇窗子進去。」卓塔說。

「你確定嗎？」我懷疑的問。

卓塔等都不等就站起來抬起窗戶，窗戶咿咿呀呀的開到一半就打住了，卓塔鑽了過去，我聽到他輕巧的落在另一邊。我站起來鑽到窗下，努力想鑽過去。卓塔還沒意識到我的個頭至少是他的兩倍，根本鑽不過去。

他看著我咧嘴而笑，我卡在那裡垂眼生氣的瞪他。

「我卡住了，卓塔！窗戶得再打開一點。」我嘶聲叫說。

卓塔爬到小窗臺上，開始把窗子往上拉，可是窗子卡住了。我發現自己進退兩難。

「卓塔，我也沒辦法退回去了，你得慢慢把窗子往上拉，我們兩人一起試試如何？」

卓塔擺好架勢。「一、二、三！」

窗子發出尖銳的聲音，一下子打開，我撞在卓塔身上，兩人重重摔在滿是塵埃的房間裡。我從他身上滾開，站起身。**剛才一定有人聽到了！**我轉向窗戶，盡量悄聲將它關上，然後把卓塔拉向一扇掛著厚窗簾的長窗邊，再把他塞到窗簾後，用厚簾布裹住我們兩人，然後等著。有腳步聲進入房中……移往窗口。我摀住卓塔的嘴，自己像雕像般定定站著。腳步聲終於淡去了，我們從窗簾後走出來，細細聆聽，然後往門邊溜去。走廊上沒人，我跟著卓塔沿著走廊朝光源走去，然後把卓塔拉進黑暗的凹室，猛然矮下身子。

「那邊好像是房間的主要入口，我們得爬上樓，看能不能往下看。」我低聲說。

卓塔點點頭，然後快速前行，走廊盡頭有道樓梯，兩人慢慢拾級而上。隱約的手鼓聲（譯注：印度古樂中常使用的打擊樂器）伴隨著輕鬆的西塔琴聲（譯注：以撥彈方式演奏的弦樂器，在印度古典樂中大量使用）朝我們傳來。

「我想舞蹈就要開始了。」我說。

二樓的一切都罩上一層薄灰，銀光灑入我們經過的每個房間，顯然有人認為房子需要通風，以利舞蹈表演，因此把所有窗戶都打開了。我們奔過氣氛詭譎的舊皇宮，薄薄的布幔靜靜飄動。我們來到一個往下幾階的樓梯間，樓梯底處有另一扇門，看似已多年不曾使用。我們穿門而過，面對一片方形的大柵欄，往下看去，就是音樂廳了。卓塔轉向我笑了笑，彷彿在說：「**我就跟你說嘛。**」然後靠在木框上。我走過去站到他旁邊，透過其中一道柵欄，望向燈火通明的音樂廳。

天花板挑高的房廳中央，鋪了一大片方形的深紅色布塊，上面四處擺著枕頭和墊子。集市委員會的人就坐在這些枕墊上，輕聲聊著天，但氣氛十分嚴肅。房中沒有人忘記那是一個什麼樣的夜晚，沉重的歷史宛若一層厚灰，落在聚集的觀眾身上。觀眾前方有片小型的黑色方塊——那是表演的空間。燈籠照亮了整個廳間，每位委員各有一盞自己的小油燈（譯注：diva，放置於家中的小盞油燈，單一燈蕊，色澤通常十分鮮豔）。整個廳間隨著一記聽不到的節奏，伴隨搖曳的火焰起舞。兩名穿著漂亮白衣的樂師，坐到黑方塊一旁的墊子上候著，兩人看起來都很緊張。手鼓師擺動手指，準備擊鼓，西塔琴師心神恍惚的用熟練的動作，做最後的調音。

卡塔克（譯注：kathak，印度八種古典舞蹈形式中的一種，源於印度北方）舞者從一片長幔後方現身了，她穿著閃閃發光的白衣，輕巧的站到觀眾前方，手持一把玫瑰花瓣。舞者把花瓣撒在地上致意，並朝觀眾輕輕點頭招呼，然後退開，腳踝上的鈴噹叮叮輕響。寂靜填滿了音樂廳的空間，只聽得到呼嘯的風聲及沙沙作響的布幔，彷彿輕柔低喃著介紹擺定曼妙舞姿的舞者。

西塔琴師開始撥弦，將美妙的樂聲傳給觀眾。琴師用手指來回撥彈琴弦，音樂充盈在房中每個角落。舞者定定不動的站著，抵垂著下巴，兩眼閉闔，聆聽振盪的弦音。我閉上眼睛，聽見她所聽到的，但她是什麼感覺？西塔琴師撥動一根根的琴弦，變換琴音，我依然閉著眼。我聽到第一記鼓聲和著西塔琴師設定的節奏響起，緊接著是另一聲重擊。鼓手在琴師空出的休止符裡，展開自己的節奏。

我看著兩位樂師，他們是朋友，就像我跟薩利姆、卓塔，跟我的父親一樣。朋友會為他們所愛的人保留空間，他們所愛的人了解什麼時候該說話，何時該保持沉默。

音樂持續演奏，接著叮叮的鈴聲響起，我透過窗櫺，看舞者緩緩移動雙腳，抖動那許多綁在腳踝上的腳鈴（譯注：ghungroo，綁在印度古典舞者腳上的樂器，包括許多小鈴噹和鈸），與鼓聲相互應和。她的朋友們又騰出空檔，三個不同區塊的聲音現在同時齊發，填入我們耳朵與心靈之間的空間。油燈的火焰隨樂聲搖晃，跟著舞者踩踏的雙腳擺動。舞者和著音樂抬起雙手，攤開雙臂，模仿展翅的鳥兒，來回飄飛，乘樂浪飛翔。先是右臂，然後左臂，她學著胸口豔橘的翠鳥飛姿，同時移動雙腳。音樂起了細微的變化，舞者突然化成滑過水中的銀魚。西塔琴模仿鵝卵石上的水流之聲，手鼓在背後輕輕鼓動，效仿魚兒潛進鑽出的聲音。卓塔聽得如醉如癡，眼中映著搖曳的油燈和渾身潔白的舞者。

手鼓師加快節奏，然後嘎然而止，淡出成背景音樂，讓西塔琴介紹另一個場景。看著舞者的手勢，我注意到在她身後牆上舞動的影子，她正在描述一則故事，一則關於印度和印度起源的故事，描繪印度的河流高山，舞者是一條優游於印度河的魚兒，接著她化身飛越喜瑪拉雅山巔的飛鷹。有時她是大地，有時是空氣，但她確實在描繪祖國印度。舞者昂首抬著美麗的頸子，左右移擺，修長的指尖在我們面前比畫出各種形狀。房中所有人看著印度的歷史，我們的歷史逐一展現。首批在河岸上定居的祖輩，首批獵人，第一批的舞者。用泥土和木頭製成的粗糙樂器，應和著此時的節奏，那綿長的歲月，在踩踏於大地上的雙足下，漸被遺忘了。她是一棵樹，一棵榕樹，手臂延展，枝子從地上爭相長出，鼓聲咚咚擊出一根又一根的樹枝，讓人不知何為初始，何為終結。

此刻舞者化為季風，她的手勢在輕柔的燈光中旋舞。鼓聲加快，迎合舞者快速的動作，西塔琴立即緊追其後。踩擊的足音和叮咚的鈴聲在老屋中迴盪，有如雨珠打在硬地上的嗒嗒聲，舞者的手指在空中接著雨滴。鼓聲加大了聲量與某種別的東西——是憤怒。西塔琴此時發出更堅脆的弦聲，舞者向前踏出一步，踩著腳跟，開始旋舞。鼓聲變得又響又急，旋動的速度加快，雨季就要降臨了，人們環抱自己，抵禦大雨的衝擊。所有人的眼睛看著舞者旋飛的裙子，裙襬大張，籠罩了大地。眾人聚焦於舞者，我的視線跟著持續不斷的旋繞而飄飛起來，場景變得模糊了。閃動的白色身影與黑暗相融，我可以感覺到雨季的強風穿過柵欄。金色的光被強風吹得明滅不定，舞者依然旋舞不止。

我看到了自己第一次跟父親爬上大榕樹的情形，看到那次我摔倒時，母親用她的紗麗為我輕拭膝蓋。看到薩利姆和我第一次從井裡打水，我們發現那片屋頂，把它據為己有。看到父親第一次帶著我去逛市集的攤販，第一次我坐下來聆聽屋外雨季的雨聲。第一次吃到甜美的芒果，第一次在河裡游泳，抓魚當晚餐吃。第一次知道父親病重，第一次決定畢生活在謊言裡。

舞者突然停止旋轉，猛然坐到地板上，低彎下頭，鼓聲也嘎然而止。舞蹈結束了。

44

我們在陰影間穿行，小心翼翼的從舊皇宮慢慢溜回家。空氣中透著興奮與某種別的氣氛——恐懼。我們看著人們湧上街頭慶祝——或者他們只是覺得困惑而已？歡聲中混雜著分離的靜默，人們站在那裡看著，等待子夜的時鐘敲響。我能了解他們的困惑。**我們會覺得不同嗎？會有任何改變嗎？明天將會帶來什麼？**

許多人執意否認會有任何改變，同樣有很多人覺得這將是印度新時代的誕生。我被自己和鎮民的混雜情緒衝擊得不知所措，一大群人拿著火炬邁步走過，我和卓塔則緊貼在陰影裡。

「印度萬歲！」

「萬歲！」

我可以感覺卓塔呼出的熱氣吹在我耳裡。

「他們還在放火燒人燒房子……」他喘氣悄聲說，「比拉爾，你把我的手弄痛了。」

我眨眨眼，發現自己一直緊抓他著的手。「對不起。」我說。

「最好先送你回家。」卓塔說。

我轉身面對他，困惑的看著卓塔。

「你家就在附近——我們先去那裡。」我答道。

「不，不行，我送你到你家門口，以防出事。」

「卓塔，萬一有事，我們兩個都有可能出事，我不會有問題的。」

卓塔轉頭望著大街，抓住我的手臂。

「咱們走！」他拉起我的手帶我離開。

我搖搖頭，其實私心裡，我很高興卓塔能陪我同行，我知道那很自私，可是我好害怕，最不希望的就是獨自一個人。

我們在街上潛行，朝我們學校和穆克吉先生家走去，卓塔輕快的往前走，卻被我拉回來。

「卓塔，等一下，我想去看穆克吉先生一下。」我說，「幾天前，他要我讓他知道我是否無恙，也許他會擔心。」

「好，可是動作要快，我們不能在這裡逗留。」卓塔答說。

我敲著門，從門縫往屋裡窺視，看是否有任何人跡。

「穆克吉先生？穆克吉先生？哈囉……？」

一片死寂。**他們會去哪兒？**卓塔站在那裡不耐煩的扭著身體，沉重的門突然開了，穆克吉先生伸出一雙長臂將我拉進屋裡，然後火速將我身後的門關上。

「等一等，等一下！卓塔還在外面。」我大喊說。

穆克吉先生再次開門喊卓塔，將他趕進屋子裡。

「比拉爾，你到底跑去哪裡了？我去看你父親，醫生好擔心你，他說你留了紙條說你稍後會回來。」

「他有沒有跟我爸說，他並不知道我去哪裡嗎？」我問。

「我不知道，但我想他應該沒說，你父親睡著了，幾乎連頭都抬不起來……」穆克吉先生說。

「我只是需要離開一下下。」我靜靜的說。

「比拉爾，在街上亂跑很不安全，半數的鎮民在慶祝，而另一半的鎮民已經離開了，然後還有那些在街上遊蕩的人……」

「我知道，我們看見了。」我答說。

穆克吉先生鼓著嘴，嘆口氣，「回家去吧，比拉爾，他在找你。」

「好，咱們走，卓塔。」我說罷轉向門口。

「等一等，我跟你們去。」穆克吉先生說著穿上大衣。

「不行，老師，您最好留下來陪師母。」我說。

「我自己一個人待著不會有事的，比拉爾。」穆克吉太太從黑暗中走出來說。

她環住我，將我抱在懷中。我仍僵著身體，沒抱住她。我雖然很想，卻做不到。穆克吉太太退開，悲傷的笑了笑。

「你遠比自己想像的更勇敢。」她說。

我低著頭，望著自己的腳。

「我總認為，勇敢就是有說實話的勇氣，我是個膽小鬼，可是沒關係，如果爸爸能平靜去世，那麼我當懦夫也無所謂。今天稍早，崗瓦拉先生說了一番很有道理的話，他說，真相是給活人看的。」

穆克吉太太忍住哭聲，轉身用手帕蓋住自己的臉，我知道她不想讓我見著她哭。穆克吉先生將她送回幽暗的房間後，轉向我們。

「在這兒等等，我一會兒就回來。」他嚴肅的說。

卓塔不耐煩的在窗口邊徘徊。

「好了。」穆克吉先生回來了，「保持前行，就算有人大聲喊你們，還是繼續走。如果我們被暴民攔住，你們兩個就權充我兒子，說我們要去大廣場參加慶祝，聽清楚了嗎？」

卓塔和我喃喃同意後，大夥迅速穿過大街。有些地區燈光幽微，或根本沒燈，我們盡力跟上穆克吉先生開潤的步伐。快到我們家的街道時，我趕上穆克吉先生，走在他身邊。他跟平時一樣喃喃自語，老師轉向我，緊張的露出微笑。我們來到我家門口，停下來左張右望，看是否有人跟蹤，然後我敲著門，等了一會兒，再敲一遍，並把耳朵貼到門上，聆聽是否有動靜。我聽到腳步聲從另一側傳來，便向後踏開。

「誰？」有人粗聲問。

「是我，比拉爾。」我答說。

沉重的門打開了，醫生很快把大夥趕進房子裡。

「比拉爾，你跑去哪裡了？」他生氣的問，「你父親一直找你，你到底在想什麼？他已經都臨終了，而……」

穆克吉先生抬起手，醫生便不再說話。

「他剛才跟我在一起，我不肯讓他走，覺得街上不安全，所以我讓他們兩個待在我家。」穆克吉先生解釋說。

醫生看看我，再看看穆克吉先生，僵緊的肩膀放鬆下來，然後彎下頭，搭住我的肩。我想看他的表情，但他別過頭，讓昏暗的光遮去他的臉。

「去看他吧，比拉爾，時間快到了。」醫生的聲音近乎呢喃。

我的腳踝像是綁上了沉重的米袋，我拖著一隻腳前移，然後再拖動另一隻腳，走向整面牆的書藉。三對眼睛緊盯住我的後腦，我轉身看到三張截然不同的面容。穆克吉先生拿著懷錶站在那兒，指節因抓得過緊而泛白。醫生望著我肩後的那片漆黑，水汪汪的眼睛透著悲傷。離我最近的卓塔揪著小小的拳頭。

「拜託了，我想與父親獨處，度過他……」我哽咽的說不下去，轉身不讓他們看到我的臉。

「你確定不要我們在這裡嗎，比拉爾？」穆克吉先生問。

「是的，我很確定。麻煩您送卓塔回家，穆克吉先生。」我答說，稍稍勉強恢復。

「我哪兒都不去。」卓塔執意說。

「聽我說，孩子，外頭很不安全，我送你回家，你可以明天再來。」

穆克吉先生帶卓塔往門口走。

到了門口，卓塔再次轉向我。

「如果你需要我，我會來這裡，比拉爾，只要喊我就成了，我會過來的。」他揚聲喊道，然後蹦蹦跳跳的沒入夜色裡。

他還是不願離開我。我覺得喉頭一緊，便很快的眨著眼睛。

我聽到穆克吉先生低聲咒罵，但是卓塔已經跑掉了。

「那個小鬼……」

「他不會有事的，穆克吉先生。」我說，「他一向都好好的。」

「我們稍後再見。」他回道，然後揮手道別，走出門口。

醫生定定地立在原地，面色嚴肅。他們兩人真的很不一樣，我心想。父親總是令我想到榕樹的樹根——層層疊疊，朝不同方向伸展的根鬚。醫生則截然相反，他讓我想到細長的竹子——挺直、不屈，幾乎不會折斷。**這對他來說一定也很難過，他們一向是最要好的朋友**。我走向他，拉住他的手用力握著。

「我會第一個讓你知道，醫生，等那個……發生之後。」我靜靜表示。

醫生彷若從夢中醒來，他垂眼看著我那隻與他相握的手，用他粗厚的手指扣住我的手，用力一握，害我差點叫出聲。醫生突然鬆手走開，頭也不回的把門關在身後。

45

我走過書牆，站到床腳。醫生已經點了蠟燭放在床邊，金色的火焰在四周打出閃動的影子。我走向蠟燭，發現自己的暗影抹在淡黃色的牆上。**所以你是目擊者嗎？你是不是想親自過來看看，我能否熬得過這關？**

我坐到床上，望著睡著的父親，他用乾裂的嘴唇斷斷續續的呼吸。我取了些水，把手指探到玻璃杯中，然後輕輕濡溼他的唇。我把手放到他胸口，然後閉起眼睛。父親的每一口氣都是掙扎，他在跟空氣奮戰，跟自己拉鋸。父親的胸口幾乎沒有起伏了，他就快被這場戰爭擊潰了。

父親出人意料的張開了眼睛，直視我，露出微笑。

「是你。」他低聲說。

「醫生已經走了，爸爸。」我答說。

父親奮力睜著眼，咯咯一笑。

「我也差不多要走了。」他淡淡的說。

我摸到他的手，用十指握住他細瘦的骨頭，將他的手貼到我胸上。我們兩人都籠罩在燭光裡。再幾分鐘就子夜了，我緊抓著自己脆微不堪的夢。我把父親的手放到唇邊親吻，熱淚淌下我的臉，滑墜至黑暗之中。

「爸爸，我們就快成功了……」我靠過去在他耳邊低語。

「比拉爾。」父親說。

告訴他，趁還來得及，現在就告訴他。我所有的心網正在逐漸拆解，每個結都解開了。**告訴他！告訴他！**

「再不到一分鐘，爸爸……」**我是個騙子！**

「我的孩子，我現在很難開口……」他喃喃說。

時鐘敲響子夜，慶祝、焦慮、悲傷的聲音，從小鎮廣場的方向爆散而出。

「你聽到了嗎？爸爸，那聲音……」**這會是我永遠的重擔，永永遠遠。**

「印度自由了。」我哭說。

「比拉爾，我心愛的……」父親說，他的聲音幾乎送不到我耳邊。

我更加靠近去聽，抱著父親的頭輕輕搖晃，然後親吻他的額頭。

「爸爸……」

「你就是我的印度。」父親輕聲說。

廣場上的聲音持續傳來，父親的呼吸變得越來越斷續短促。突然間，他唇間吐出一口長氣，那尖嘯的氣息，比所有空氣都更為純淨。

蠟燭依舊搖曳不定，追逐牆上飄動的陰影。我望著書牆，發現有幾本沉厚的精裝書被抽掉了。我將父親緊抱在胸前，不知得抽出多少書本，整面書牆才會崩坍。

46

此刻小鎮的喧鬧聲來得更近了，但聽起來不太一樣，透露出越發強烈的憤怒。我聽到尖喊與叫罵聲，但在我們燭光明滅的黑暗屋裡，感覺卻十分遙遠。門上有碎裂及重擊聲，有人想闖進來。我抱緊父親來回搖晃，輕撫他的頭髮。我做到了，父親不知道真相的在我懷中去世了，他心愛的印度至死仍是完整合一的。我做到了。敲擊聲持續傳來，但我毫不在乎。雖然我在黑暗中漂浮，我的心卻似往下沉墜。接著突然傳出木頭的碎裂聲。

有個聲音刺穿這片寂靜的愁雲。

「我早跟你說了，對吧，臭老鼠？我說過我會燒死你，除非我們除掉你們這些害蟲，否則印度永遠不得自由。這會兒還會有誰來救你？燒啊！」

我隱約聽到另一個房間的硬地上，傳出瓶子摔碎的聲音，書牆先冒出火焰，大火飢渴的吞噬掉一本又一本的書。火勢沿牆大片延燒至天花板，然後伸向編織床。外頭傳來更多叫聲和掙扎的聲音。

「比拉爾！比拉爾！」**我認得那個聲音，姑姑怎會跑來這裡？**「比拉爾？你聽得到嗎？比拉爾？」

「你得出來啊！」另一個聲音說，也是我認得的聲音。**老哥在這裡做什麼？我不是叫他別回來嗎？反正現在都無所謂了。**

我恍恍惚惚的發現蠟燭終於滅了，但現在整片牆都著了火，空中飄著細碎的舊皮革和發黃的紙。一片片的知識在我們四周焚燒，發皺的紙張焦黑成細細的碳粉。我伸手想抓住幾片飄蕩紛飛的紙，可是一碰到，紙就碎了。

我閉上眼睛，把父親抱得更緊，我嘆著氣，火焰的熱氣烘得我想睡覺。我做到了，我守住了對自己的承諾，現在我只想休息。

在那祥和的寧靜中傳來另一聲碎裂，一個人影從黑暗中冒了出來。

「比拉爾，我們得出去，現在就走！」

「哥，你在這裡做什麼？」

他粗暴的抓住我，拉著我的手臂。

「不要！我不能丟下爸爸，我做不到！」我哭著緊抱住懷中的屍體。

老哥鬆開我的手，跪到我面前。

「比拉爾，他死了，再幾分鐘你也會死。放開他吧。」他說。

「不行，我辦不到，到最後我還是沒法告訴他，我想說，可是我說不出口。」我靜靜表示。

「放開他，比拉爾，他已經不再受苦了。」哥哥牽起我的手，慢慢將我拉近，然後把我抱在懷裡。「放開他，比拉爾。」他在我耳邊輕語。

火已經延燒開了，哥哥站起身，抓起床單衝向房間角落的水桶，把被單打溼，他提著水桶回來，把水澆到我身上，然後用床單把我和他一起罩住，一起向前踏出一步。書牆幾乎都塌了，擋了我們的去路。

「我們得衝過去，比拉爾！你準備好了嗎？」哥哥大聲問。

「好了！」我大喊著抓住他的臂膀。

我們兩人後退數步，衝向火牆，閉起眼睛硬闖過去。我們從另一面跌出來，重重摔在地上。四周都是火，我覺得腳踝吃痛。哥哥站起來把我拖出門口，兩人倒臥在清涼的夜色裡，拚命吸氣。

哥哥扶我站起，火焰和煙氣彌漫在我們上方，紙灰飛入夜空，四面八方的往鎮上飄散。卓塔站在我附近，拳頭裡緊握著一顆石頭，我姑姑就站在他旁邊，姑姑驚駭萬分的看看房子，再看著我，張嘴想說話，卻吐不出半個字。姑姑伸手將我拉過去，輕聲哭泣，她身上飄著茉莉花香。最後我放開她，走過去站到哥哥旁邊。我們並肩看著大火，肅然的臉上滿是淚痕。父親的死，也攔阻不了一個新國家的誕生。

片刻之後，哥哥轉向我，他揪住我的襯衫，一把將我抱住，我把臉埋在他胸口，緊抱住他，接著哥哥用力將我推開，退後一步。我看到他眼中閃動的火光，跟父親的眼神如此神似。**別走**。看到哥哥從視線中消失離去時，我心痛不已。

那個夜晚，姑姑帶我離開小鎮，展開新的生活。那是我最後一次見到我哥。我甚至不太記得他長什麼樣子了，但我永遠忘不了哥哥憤怒時，那對燃似熱炭的黑眼。

尾聲

六十年後

說到了結尾，聚集的群眾安靜下來。我看著一片抬望著我的面容，沉默漫延開來，充盈在每一處空蕩的空間裡，我看著橫陳在深藍夜空中的點點繁星。當我接獲慶祝獨立六十週年的邀請，敦促我造訪小鎮時，我嚇壞了。我的整個成年時期，一直企圖遺忘自己當年的所作所為，但我從未能夠真正的逃避過去。

我依循自己的本能，成為一名律師——真相的捍衛者——並以此為業。執業多年後，我終於榮升為顯赫的首席大法官。**有誰能比騙子本人，更能看穿說謊者？**集市委員會在報上看到我的名字後，便力邀我回來講述自己的故事。最後，我說服自己，必須跟小鎮坦誠。想到終於能在多年後，釋下心頭的重擔，頗令我心動。

我已說完自己的故事——全部的故事了——但群眾的死寂卻震耳欲聾。

我嗅了嗅，聞到空氣中的某個東西。我左右扭著頭，那氣味喚起心中的古老記憶。**雨季就要來了。**

群眾依然毫無動靜。我拿起講稿，揉成紙球，然後拿起我的枴杖。鎮長困惑的看看群眾，再看看我，走向前想幫我。這不是他所預期的故事，我揮手請他別過來，然後搖搖晃晃的走下臺。鎮長對著群眾，打破沉寂，感謝我的蒞臨。市集廣場上的群眾開始騷動，但空中仍懸盪著詭異的寂靜。

我在臺子側邊，找到一個倒放的桶子，便坐到上頭。又是一道牽繫我的回憶，我想起了旁迪切里先生和陰影中他最愛的桶子。「在這個桶子裡，」他會這麼說，「藏了大海般的各種故事。」**任何情況，他都有相應的故事**，我心想，一邊自顧自的笑了起來。在臺上站了這麼久的時間，我的雙腿僵緊而抽搐。我輕輕揉著腿，想讓腿恢復自如。

我坐在那兒時，人們開始慢慢匯聚到我身邊。他們或結黨，或單獨前來，雖然緩慢，但確實是朝我走來的。有些人觸摸我的雙足，表示祝福，其他人與我握手。母親、父親、兒子和女兒都過來了。老人家淚眼閃爍，搖著頭拍拍我的背，藉著我的話重拾回憶。我的故事中，那些人物的朋友和家人笑憶往昔，並對我表示感激。許多人只是摸摸我的襯衫衣襬，然後默默走開，還有許多人站在我附近輕聲啜泣。我環視人們的臉龐，感覺自己的負擔變得更加沉重了。我原本希望在說出自己的故事後，心情會好一些、釋然些，結果卻覺得說出來，反而成了不能承受之重。

我的眼角留意到一名在人群邊緣徘徊的年輕男孩。**他看起來好眼熟**。人群開始逐漸散去，等大家終於離開後，男孩慢慢走近，恭敬的彎身低下頭。

「比拉爾先生，我聽了您的故事了，那對我實在意義深重。是這樣的，我是醫生的孫子。」

啊，難怪他的臉會如此熟悉。

「我父親名叫比拉爾，我是谷朗姆。」他說。

「谷朗姆是家父的名字，很榮幸見到你，孩子。」我答道。

「不，不，比拉爾先生，您這是說哪兒的話？我才是榮幸至極。」他說著搖搖頭，然後彎身觸摸我的雙足。

「你爺爺教了我好多事。」我答說。

「我還是很懷念他，他留在鎮上繼續行醫，直至去世。而且他也持續去拜訪本地的各個村落。」

「他當然會了。」我笑說，「他說過他一定會那麼做，醫生是位守信重諾的人。」

「比拉爾先生，能麻煩您在這裡等一會兒嗎？我不確定您今天會不會來，所以我沒把東西帶在身上。請您在這兒等我好嗎？我很快就回來。」

「沒問題，我就在這裡。」我回說。

我靠在牆上，讓自己坐得舒服點。小鎮幾乎沒怎麼變，市集仍在，所有巷弄也都沒變，若說有變化，那就是現在似乎大了許多，並吸引來自全國各地的商販。**爸爸一定會很高興**。

谷朗姆回來了，他喘著氣，彎下腰，扶著自己的膝蓋。

「站起來，孩子，那樣呼吸會恢復得更快些。」我想起自己在他這個年紀的情形。

他好奇的看著我，然後站直身子。「我老愛跑來跑去，爺爺以前常那樣對我說。」谷朗姆從口袋掏出一份發皺的信封。「家父去世時，身為他的獨子，我得負責整理他的遺物。我翻閱他的檔案，找到一大箱爺爺留下的東西，這個信封就在其中。上頭寫著：致好友比拉爾，可是我不確定信是給誰的，直至現在才知道。也許是因為您突然離去，所以他從來沒辦法把信轉給您，但我認為這封信應該是給您的。」

我接過他手上的信封，然後一愣。我抬眼看著谷朗姆好奇的表情，把手裡的信翻過來。我的心跳加速，天空的星曜似乎變得更為光亮鮮明。我小心翼翼的打開信紙展讀，忍不住抽了口氣。那是父親一九四七年八月十四日寫給我的信，我的眼神飄移，想極力聚焦在信中的潦草字跡上。最初的幾行字看似出自孩童的手筆，字母過大，而且字距奇怪，之後便是流暢的粗體字了。**父親一定是已經沒了力氣，還執意寫信，這信一定是別人代寫的**。我抬眼看著年輕男孩，雙手輕輕顫抖。**是醫生**。我強逼自己盯著信，開始閱讀。

我心愛的：

我死前最想做的，最重要的事，就是寫這封信給你。令我感到驕傲的事有許許多多，比拉爾，可是我最引以為榮的，就是當你的父親。我不可能有比你更勇敢的孩子了，由於深知這點，我知道你將來會更有作為。

我連寫完這封信的力氣都沒有了，但醫生在這兒幫我。我的孩子，他告訴我你的誓言，以及你如何大費周章的對我隱瞞事實。心愛的，你究竟背負了什麼樣的重擔？

比拉爾，你就是我的印度，你是我的夢想。你所做的，你送我的這份厚禮，銘刻在我的心上。你收到此信時，請了解，我在發現真相後哭了，不是因為悲傷，而是因為喜悅，高興自己有像你這樣的兒子。我懇求你莫要責怪醫生告訴我，這位耿直的老傻子覺得他沒有選擇。我知道你是最能理解這點的。

請告訴洛菲克，我也以他為傲。我們雖有爭執，但告訴他，我從未忘記他，希望他能在世間和自己心中，找到平靜。

我的信就寫到這裡了，想到要離開你，我便痛心不已。我把我最珍貴的財物留給了你——我的書。我知道你會好好看顧它們，也許每回你拿起書，便會微笑，並想到我。

父親　筆

我瞪著這封信，雙手依然抖個不停。幾分鐘過去了，那些文字變成了線條和形狀、回憶與景象。

「比拉爾先生，您還好嗎？」谷朗姆一臉擔心的問。

我仔細將信折妥，收入信封裡，然後緊緊抓著。我的另一隻手仍握著我剛剛拿上臺的皺巴巴的紙。我把這張紙撫平，盡力把紙邊弄整齊。有著醫生嚴肅容貌的高大年輕人，好奇的看著那張紙。

「每個人都會說謊。」他大聲朗讀我匆匆寫下的提詞。

我把發皺的紙遞給他。

「比拉爾先生，我要怎麼處理這張紙？」他問。

「隨你的意吧。」我答說，然後從他身邊走過，「那張紙再也不屬於我了。」

後記

一九四七年八月十四日，巴基斯坦伊斯蘭共和國誕生，從主導的印度教印度，分立成一個民族國家。巴基斯坦由兩個地區組成：位於印度河平原的西巴基斯坦，以及東巴基斯坦，也就是現在所知的孟加拉。翌日午夜——一九四七年八月十五日——印度自英國殖民統治下，贏得了自由。

沿著宗教界線造成的分離，導致約一千四百五十萬人的遷居——穆斯林從印度遷往巴基斯坦，而印度教及錫克教徒則移往相反的方向。許多人失去家人、朋友和家園，因為社區在動亂時期被一分為二，估計有一百多萬人在這段期間內死於暴力。

印巴分治之後雖已過了六十多年，但印度及巴基斯坦之間的衝突仍持續至今，相互間的大規模暴力事件層出不窮。今天，印巴分治對於印度及巴基斯坦人的生活各個面向，所帶來的深遠影響和破壞，並不亞於一九四七年八月十四日，午夜敲響的那一刻。

艾爾凡・馬斯特

國家圖書館出版品預行編目資料

兒子的謊言 / 艾爾凡.馬斯特(Irfan Master)著；
柯清心譯. -- 初版. -- 臺北市：幼獅, 2019.10
面；　公分. -- (小說館；27)
譯自：A beautiful lie

ISBN 978-986-449-173-5(平裝)

873.57　　　　108013882

・小說館027・

兒子的謊言 A Beautiful Lie

作　　者＝艾爾凡・馬斯特 Irfan Master
譯　　者＝柯清心
出 版 者＝幼獅文化事業股份有限公司
發 行 人＝李鍾桂
總 經 理＝王華金
總 編 輯＝林碧琪
主　　編＝沈怡汝
編　　輯＝張家瑋
美術編輯＝游巧鈴
總 公 司＝10045臺北市重慶南路1段66-1號3樓
電　　話＝(02)2311-2832
傳　　真＝(02)2311-5368
郵政劃撥＝00033368

印　刷＝崇寶彩藝印刷股份有限公司
定　價＝300元
港　幣＝100元
初　版＝2019.10
二　刷＝2021.09
書　號＝987246

幼獅樂讀網
http://www.youth.com.tw
幼獅購物網
http://shopping.youth.com.tw
e-mail:customer@youth.com.tw

行政院新聞局核准登記證局版臺業字第0143號